「私が愛しているのは、後にも先にもあなただけよ、アン」
4
王様のプロポーズ
黄金の神子

「だから娘じゃねェって言ってんだろうが！」
アンヴィエット・スヴァルナー
――隠し子がいたと噂の〈空隙の庭園〉教師でＳ級魔術師。

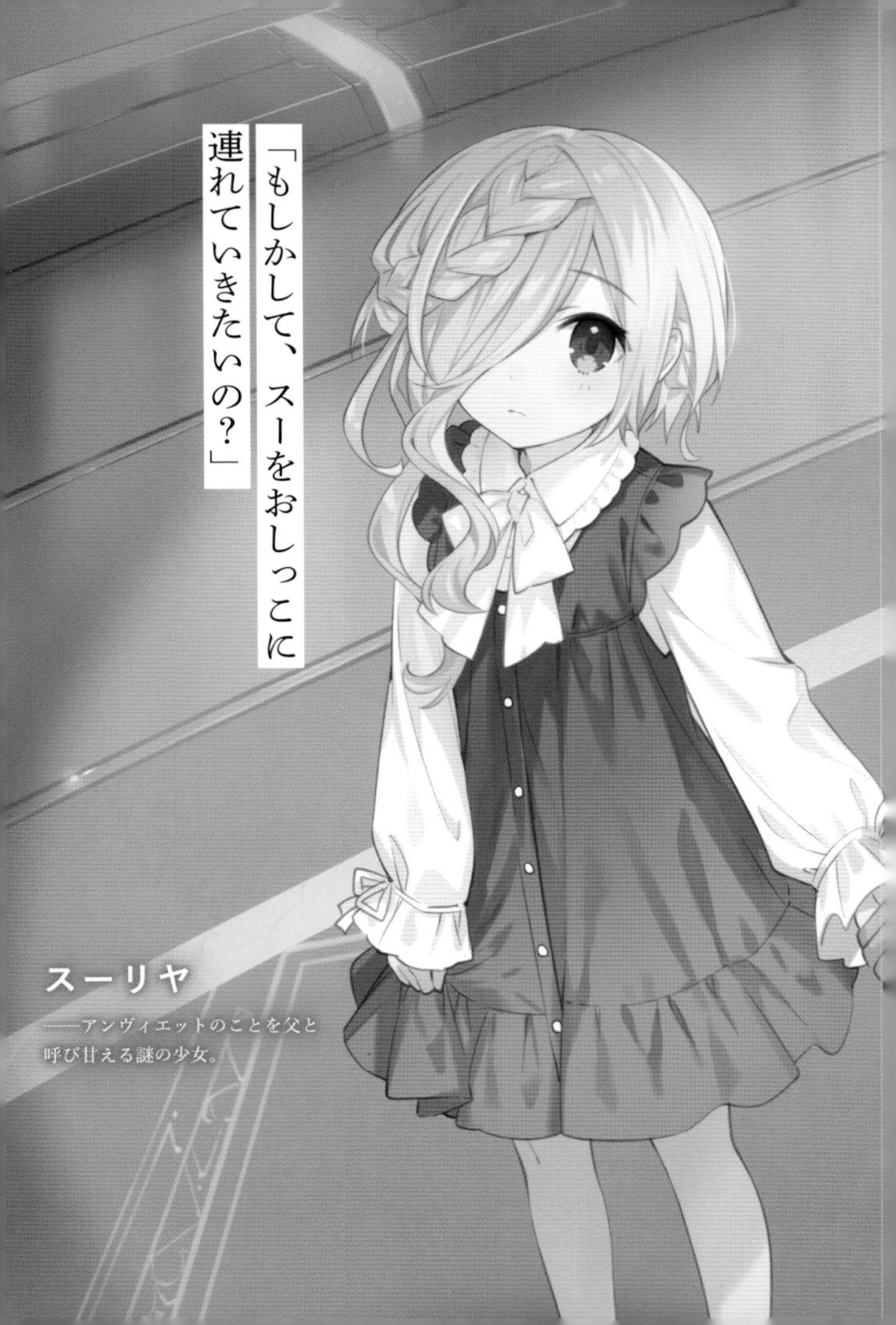
「もしかして、スーをおしっこに連れていきたいの？」
スーリヤ
――アンヴィエットのことを父と呼び甘える謎の少女。

「ああ……おはよう、無色。いい朝だね」

久遠崎彩禍《くおざきさいか》
――世界最強の魔女。
無色と融合中のはずだが……。

「どうかしたかい？
わたしの格好が何か？」

「この装いがおかしい、ということですか？」
烏丸黒衣《からすまくろえ》
——大きな秘密を抱える彩禍の従者。
「同じ服って。そりゃあそうでしょ。制服なんだから」
不夜城瑠璃《ふやじょうるり》
——彩禍と兄である無色を偏愛する魔術師。

「——おかあさんは、スーがたすけるから——」

CONTENTS

King Propose 4
golden colors maiden

王様のプロポーズ4

黄金の神子

橘 公司

ファンタジア文庫

3292

口絵・本文イラスト　つなこ

王様のプロポーズ

黄金の神子

King Propose 4
golden colors maiden

げんきなときも、びょうきのときも。
うれしいときも、かなしいときも。
おかねもちなときも、びんぼうなときも。
おとうさんとおかあさんは、いっしょにいたいんだよね？

――だからスー、がんばるよ。

序章　夢だと思ってる?

「ああ……おはよう、無色《むしき》。いい朝だね」


もしも。

もしもの話だ。

あなたに、心から焦がれて仕方ない、憧れの人がいるとしよう。

その人のことを想《おも》うだけで心が弾み、胸が躍り、世界が極彩色《ごくさいしき》に輝き出す。そんな人だ。

優しく微笑《ほほえ》みかけられるだけで、脳から出たことのない汁が溢《あふ》れ、指先で触れられようものなら、全身が蕩《とろ》けるような恍惚《こうこつ》で震え出す。嗚呼《ああ》、自分はこの瞬間のために生まれてきたのだ――と、何の冗談でもなく実感させられるような感覚だ。

いや、別に違法薬物の話はしていない。していないったら。

話を戻そう。ここからが本題だ。

あなたに、そんな憧れの人がいるとして――

ある朝目覚めたとき、その人が横に寝ていたとしたら、一体どうするだろう。

しかも、一糸纏《まと》わぬ、生まれたままの姿で。

「…………」

玖珂《くが》無色の場合。

目をまん丸に見開いたまま、固まることしかできなかった。

網膜から、鼓膜から、鼻腔《びこう》から、膨大な情報が送り込まれてくる。

窓から差し込む光を浴びてキラキラと輝く陽色《ひいろ》の髪。

神の寵愛《ちょうあい》を受けたとしか思えない美貌と、その直中《ただなか》に鎮座する極彩の双眸《そうぼう》。

そして、首から伸びる滑らかな稜線《りょうせん》――

「あ――」

そう。間違いない。間違えようがない。

そこにあったのは、無色が焦がれ、憧れ、求め続け、しかし会うことの叶《かな》わないはずの少女の姿だった。

――最強の魔術師、久遠崎彩禍《くおざきさいか》。

その朝。無色は、あのとき出会った少女と、再会を果たした。

第一章　スーを待ってくれてたの？

人には、集中力が研ぎ澄まされる瞬間というものが存在する。

たとえば、好きなことに没頭しているとき。

たとえば、目標に向かって邁進《まいしん》しているとき。

たとえば——自分の身が危険に晒《さら》されているとき。

「…………、…………、…………」

一秒が果てしなく長く思える緊迫の中、玖珂無色は透明な剣の柄を握りながら、断続的に息を吐いていた。

武器を手にした相手と対峙《たいじ》する緊張感というのは、文字通り筆舌に尽くしがたい。実際に体験した者でなければ、この感覚を実感として得ることはできないだろう。

向かい合う相手が、〈空隙の庭園《くうげきのていえん》〉の中でも最上位に数えられる魔術師であれば尚更《なおさら》だ。

「————」

〈庭園〉西部エリアに位置する練武場の中央。

無色の向かいには、長い髪を二つ結びにした勝ち気そうな少女の姿があった。

名を、不夜城《ふやじょう》瑠璃《るり》。無色の妹にしてクラスメート。そして〈庭園〉騎士の一人である。

今は頭部に、鬼の角と目を思わせる二画の紋様が、そして手に、炎の如《ごと》き刃《やいば》を持つ長柄の武器が出現していた。

界紋《かいもん》。そして第二顕現。現代魔術師の臨戦態勢を示す様相である。

「ふッ——」

次の瞬間、瑠璃が動いた。

普段よりスピードは緩やかであるものの、その気迫は本物である。無色は剣の柄を握る手に力を込めると、事前に受けていたアドバイスを意識しながら、行動を開始した。

「はぁぁぁぁっ！」

裂帛《れっぱく》の気合いとともに、手にした透明の剣、【零至剣《ホロウ・エッジ》】を振り下ろす。

あらゆる顕現体を消し去る無色の第二顕現。その透明の刀身は、下方から迫る炎の薙刀《なぎなた》【燐煌刃《りんこうじん》】と激突すると、その存在を消し——

去らなかった。

「え——？」

意外そうな瑠璃の声が響く。

無色の術式を知る瑠璃は、自らの第二顕現が消し去られる前提で動いていたのだろう。

しかし無色は【零至剣《ホロウ・エッジ》】に宿った術式を発動させることなく、瑠璃の薙刀を、ただ弾《はじ》き返したのである。

呆気《あっけ》に取られる瑠璃に、そのまま、二度、三度と、連続して剣撃を放つ。

「なるほど──そういうこと」

瑠璃は不敵に微笑むと、瞬時に体勢を立て直し、無色の攻撃を悉《ことごと》く防いでみせた。

だが、それもまた、想定の内だ。

「おおおおぉぉ──っ！」

次の瞬間。無色は【零至剣《ホロウ・エッジ》】の術式を発動させると、瑠璃の【燐煌刃《りんこうじん》】を消し去った。

「ち……！」

瑠璃が顔をしかめる。彼女とてそれを予想していなかったわけではないだろうが、正確なタイミングまでは予見できなかったようだ。微《かす》かにではあるが、瑠璃の姿勢が崩れる。

「今……！」

好機。無色はそのまま、無防備な瑠璃の肩目がけて剣を振り下ろした。

「ふ──ッ！」

しかしそこは騎士・不夜城瑠璃。不自然な体勢のまま地を蹴ると、足運びのみで無色の剣撃をかわしてみせた。そして流れるような動作で、瞬時に第二顕現を再発現させる。

「やるじゃない。でも、これで終わりよ」

「…………っ！」

無色はその場から飛び退《の》きながら、【零至剣《ホロウ・エッジ》】の刃を立て、防御を固めた。

だが。

「な……っ⁉」

次の瞬間、狼狽《ろうばい》に満ちた瑠璃の声が響き渡った。

理由は単純。【燐煌刃《りんこうじん》】と【零至剣《ホロウ・エッジ》】が触れ合う瞬間、無色が第二顕現を解除し、【零至剣《ホロウ・エッジ》】を消し去ったのである。

「く……！」

【燐煌刃《りんこうじん》】の刃先が腕を掠《かす》める。強靱《きょうじん》な〈庭園〉の制服を纏っていなければ、血がしぶいていたかもしれなかった。

しかし、それと引き換えに得たのは、今日一番の好機であった。

無色は意識を集中させると、再度第二顕現を発現させ、瑠璃に必殺の一撃を——

「いてっ」

瞬間、ポコン、と小気味のいい音がして、無色はその場に突っ伏した。

どうやら無色の再発現よりも、瑠璃の攻撃の方が早かったようだ。

「――それまで。瑠璃さんの勝ちです」

それに合わせるように、落ち着いた声が響いてくる。

見やると、黒髪黒目の少女が、大きく右手を掲げていることがわかった。――この試合の審判役を務めていた烏丸黒衣《からすまくろえ》である。

無色は痛む後頭部をさすりながら身を起こすと、悔しげに拳を地面に打ち付けた。

「く……っ、勝ったら彩禍さんに頭を撫《な》でてもらうはずだったのに……！」

「一体なんの話ですか」

黒衣が半眼で言ってくる。無色は「あ」と顔を上げた。

「すみません。そういう想定で頑張っていたというだけです」

「想定」

黒衣が復唱するように言うと、瑠璃が「ふっ」と息を吐いてきた。

「甘いわね無色。私は勝ったら膝枕からの耳かきをしてもらうつもりだったわ」

「な……っ!?　さすが瑠璃……これが騎士の力――」

「騎士は関係ありません。変な誤解をしないでください。それに、瑠璃さんの方も別に本人と約束されているわけではないのですよね？」

「あ、当たり前じゃない！　一体何を言ってるのよ黒衣！」

「そんな恐れ多い……！」

二人が慌てた様子で言うと、黒衣は腑《ふ》に落ちないといった顔を作った。

「……、まあ、いいでしょう。ともあれ今の一本に異存はありませんね、無色さん」

黒衣が気を取り直すように言ってくる。無色はこくりと首肯した。

「はい。やっぱり瑠璃は凄《すご》いです。手も足も出なかった」

「……そう悲観したものでもないわよ」

無色が言うと、瑠璃は呼吸を整えるように数度肩を上下させてから返してきた。

「『相手の顕現体を消し去る』、『攻撃を受ける』、あとは『自分の顕現体を一旦消す』——かしら？　なるほどね。行動の選択肢が増えただけで、格段にやりづらくなったわ。今までで一番よかったわよ。最後、無色の再発現がもっと早ければ、結果は違ったかもね」

「ほ、本当？」

「ええ」

答えたのは黒衣だった。無表情のまま、しかしどこか楽しげに続けてくる。

「前提として、顕現体を消去されるというのは、魔術師にとって天敵と言っていい脅威なのです。可能ならば誰もその攻撃を受けたくはありません。それがいつ来るかわからないとなれば、相手は神経を研ぎ澄まし続けねばならず、必然、隙を生じやすくなります」

それに、と黒衣が手を掲げてみせる。

「行動の選択肢を増やす、というのは、戦闘において非常に重要です。もしもこちらの手の内が全て相手に割れていたとしても、それぞれに最善手で以《もっ》て返さねばならないとなれば、不利になるとは限りません。

喩《たと》えるならば、『じゃんけん』です。如何《いか》に強力な一手を持っていようと、グーしか出さない相手ならば対応は容易でしょう。しかしそこにチョキ、パーという二手が加わるだけで、その遊戯は高度な戦略性を帯びます」

言いながら、グー、チョキ、パーと手を動かす。

「な……なるほど」

「しかも実戦においては、手が三つまでという縛りもありません。狐《きつね》、鉄砲、庄屋《しょうや》。はたまた蛙《かえる》、蛇、蛞蝓《なめくじ》──如何な手を出してもいいのです」

まあ、と黒衣が続ける。

「まずは一つ一つの完成度を上げることが肝要ですが。今の無色《むしき》さんは、チョキの形が難しくて出すのに時間がかかると言っているような状態ですので」

「……面目次第もありません」

無色が頭を下げながら言うと、瑠璃が怪訝《けげん》そうに眉根を寄せた。

「……なんか黒衣、無色の師匠みたいね？　前からこうやって教えてたの？」

「いえ、そんなことは。わたしは彩禍《さいか》様の教えをお伝えしているに過ぎません」

「ふーん……」

しれっと答える黒衣に、瑠璃がぽりぽりと頬をかく。

その表情からは、黒衣が何者なのか訝《いぶか》しむような色と、まあ魔女様ならそういうこともあるかな……魔女様だしな……と納得するような様子が窺《うかが》えた。

「まあいいわ。無色が強くなってくれないと、こっちとしても困るからね」

そしてふうと息を吐くと、何かを思い出したように眉を動かした。

「あ、そういえば無色。魔女様の意識は今あんたの身体《からだ》の中で眠ってるわけよね？　何か伝えたいことがある場合ってどうしてるの？」

「えっ？」

不意に問われ、無色は意外そうに目を丸くしてしまった。

「……？　今何か驚く要素あった？」

「や、ごめん。ちょっと考えごとしてたから」

「――彩禍様へ言づてがある場合は、わたしが承っております。ですよね？　無色さん」

「あ……はい」

黒衣の言葉に無色が答えると、瑠璃は「まあ、それはそうか」と首肯した。

「…………」

黒衣がじとっとした視線を無色に送ってくる。

無色は汗を滲《にじ》ませながら、先刻のやりとりを思い起こした。

◇

「――お肌のキメが超細かい」

「所作の一つ一つが洗練されている」

「椅子に座るとき背筋がピンと伸びている」

「字がすごく綺麗《きれい》」

「くしゃみするとき『ふちゅんっ！』っていう」

「えっ、何それ。そんなの超可愛《かわい》いじゃん……」

「ふっ、このマジックカードにより、私の場の魔女様の尊さは四五〇〇にアップするわ」

「くっ……さすがだね、瑠璃。でもここからだよ。――リバースカードオープン！『砂糖が入ってると思ってブラックコーヒーを飲んでしまったときの驚きと我慢の表情』！」

「なんですって⁉　魔女様は紅茶派のはず！　そんなレアカードを一体どこで……⁉」

「………何をされているのですか？」

〈庭園〉中央学舎の学園長室で。

無色と瑠璃《るり》が白熱していると、いつの間にか現れた黒衣が半眼で問うてきた。

「それはもちろん」

「魔女様カードゲームだけど」

二人が手作りのカードを構えながら当然といった様子で答えると、黒衣はさらに困惑したように眉根を寄せた。

「……一体なんなのですか、その謎の遊びは」

「ふっ、いいわ。説明しましょう」

「あ。いえ、結構です」

長くなると思ったのか、黒衣がきっぱりと断る。

瑠璃は「そっちから聞いたんじゃないのー」と不満そうに唇を尖《とが》らせた。

「……まさか、話があると仰《おっしゃ》っていたのはそれについてですか？」

が、黒衣がそう言うと、大事なことを思い出したようにハッと肩を震わせた。

「そうだったわ。──無色、勝負は一旦預けるわよ。黒衣もそこに座ってちょうだい」

言って、瑠璃がテーブルの上に配置されたカードを片付ける。

それから気を取り直すように深呼吸をし、無色と黒衣を改めて見つめてきた。

「二人に時間を取ってもらったのは他でもないわ。

──例の件について、改めてちゃんと説明してもらうためよ」

『…………』

瑠璃の言葉に、無色と黒衣は一瞬目を見合わせた。

とはいえ、驚きはない。むしろある程度予想していたことではあった。

「……うん、話すよ。瑠璃には知る権利があると思う。ただ、これは、俺にとってだけじゃなく、〈庭園〉にとっても重大な秘密なんだ。絶対に他言はしないと約束してほしい」

「……、もちろん、理解してるわ。誰にも言わないと誓う」

瑠璃が神妙な面持ちでうなずく。無色はそれに応ずるように、胸元に手を置いた。

「──俺の身体は今、彩禍さんと合体した状態にある」

そして、静かに、しかしはっきりと、その事実を告げる。

そう。それが無色の抱えた秘密であった。

〈空隙《くうげき》の庭園《ていえん》〉学園長にして、極彩《ごくさい》の魔女の異名を取る世界最強の魔術師。久遠崎《くおざき》彩禍は今、無色の身体と融合していたのだ。

「今は俺の要素が表に出てるけど、一定の条件を満たすと、彩禍さんの要素が強く現出するんだ。だから傍目《はため》には、俺が彩禍さんに変身しているように見えるかもしれない」

「…………」

しかしその衝撃の事実に、瑠璃は驚愕《きょうがく》を示すでも、狼狽《ろうばい》を露《あら》わにするでもなく、深々と眉間に皺《しわ》を刻むのみだった。

だがそれも当然ではあった。何しろ無色は先日、瑠璃の目の前で、無色の身体から彩禍の身体へと存在変換をしてしまっていたのだから。

「合体……魔女様が融合術式を使ったってこと？　確かにそれならあの現象にも説明は付くかもしれないけど……一体なんのために？」

瑠璃は難しげな顔をしながらあごを撫でた。

「そもそも融合術式は高い危険性を伴う術よ。特に人間同士で行った場合、互いの自我がぶつかり合って崩壊を起こしかねない。いくら魔女様とはいえ、軽々に用いるとは思えないけど……」

「それは――」

「彩禍様もまた、危機的状況にあったからです」

無色の言葉を継ぐように言ったのは、隣に座った黒衣《くろえ》だった。

「危機的状況？」

「はい。彩禍様が何者かに襲撃を受けた事件を覚えておられますか？」

「ええ、もちろん。定例会のときに言ってたあれね。――って、まさか」

「お察しの通りです。その際彩禍様と、偶然居合わせた無色さんは、ともに致命傷を負わされました。二人の命を繋《つな》ぐために、彩禍様は危険を承知で融合術式を使われたのです」

「…………っ！」

瑠璃がくわっと目を見開き、テーブルに身を乗り出してくる。

「だ、大丈夫なの⁉」

「あ、うん……見ての通り」

無色は、瑠璃の勢いに圧倒されるように身を反らしながら答えた。その様子に、瑠璃がほうと息を吐く。

「さすが魔女様。高度な術式をこうも見事に。……にしても、魔女様と兄様が融合って。そんな妄想みたいな欲張りセット許されるの……？　一足す一は無限大じゃん……」

瑠璃は小さな声でぶつぶつと呟《つぶや》きながら、やがてぴくりと眉を揺らした。

「それで——今魔女様の意識はどんな状態にあるの？　身体の要素と一緒に、裏側に隠れているってこと？　二つの意識が並列に存在していたら、よほど上手《うま》く共存していない限り、まともに身体を動かすことも困難なはずだものね」

「えっと、それは……」

「はい。彩禍様の意識は、無色さんの中で眠られています。ですよね、無色さん」

有無を言わさぬ黒衣の調子に、無色は気圧《けお》されるようにうなずいた。

「う、うん。まあ、そう……かな」

「つまり、魔女様の身体になっているときは、無色の意識が裏に隠れてるってことね？」

「…………」

「……？　何よ。私何かおかしなこと言った？」

「あ、いや」

「瑠璃さんの仰るとおりです」

無色がどう答えたものか迷っていると、再び黒衣が割り込んできた。

瑠璃はさして疑問に思う様子も見せず、質問を続けた。

「あと……二人はいつ分離できるの？　まさかずっとこのままなんてことは——」

「もちろん、そのようなことはございません」

瑠璃の不安げな表情を振り払うように、黒衣が頭を振る。

「とはいえ、一度融合してしまったものを再び二つに分かつには、相応の準備が必要となります。その間、瑠璃さんにもご助力いただけますと幸いです」

「もちろんよ。魔女様……と無色《むしき》……のためだもの。なんでも言ってちょうだい」

瑠璃はそう言って胸をドンと叩《たた》いた。

「ありがとうございます。では早速、一つお願いがあるのですが」

「いいわ。何？」

「無色さんの訓練を手伝っていただきたいのです」

黒衣が言うと、瑠璃はぱちくりと目を丸くした。

「訓練……私が？」

「はい。ご存じの通り、無色さんは魔術師としては初心者同然です。ですが、無色さんに万一のことがあれば、合体している彩禍様もただでは済みません」

「……その通りね」

瑠璃が難しげな顔でうなずく。畳みかけるように黒衣が続けた。

「それゆえ〈庭園〉としましては、無色さんに一刻も早く強くなっていただきたいのです。——そして、それをお願いできるのは、〈庭園〉内でも最高峰の力を持ち、尚且《なおか》つ事情を把握されている瑠璃さんしかいないのです」

「それは……」

黒衣の言葉に、瑠璃が難しげな顔を作った。――事情は理解できるが、ずっと無色を戦いから遠ざけようとしていた手前、すんなりとは飲み込めないといった表情だった。

「瑠璃……」

「お願いします。無色さんが大大大好きで、危ない目に遭わせたくないという気持ちはわかりますが――」

「ベッ、別にそれで悩んでるわけじゃないけど⁉」

黒衣が言うと、瑠璃は顔を真っ赤にしながら叫びを上げた。ちなみに大大大好きなこと自体は否定していなかった。

瑠璃はしばしの間悩むような様子を見せていたが、やがてふうと息を吐いた。

「……わかったわよ。私としても、魔女様に何かあったら困るし」

「――！　ありがとう、瑠璃」

無色が嬉《うれ》しそうに言うと、瑠璃は恥ずかしそうに視線を逸《そ》らした。

「ご承諾いただきありがとうございます。――では早速お願いできますでしょうか」

「え？」

「練武場の使用許可は取っておきました」

しれっとした調子で黒衣が言う。瑠璃は汗を滲《にじ》ませながら半眼を作った。

「……随分用意がいいわね。まるで私が承諾することを見越してたみたいじゃない」

「いえいえ、そのようなことは」

瑠璃は訝《いぶか》しげな目をしていたが、すぐにやれやれと息を吐いた。

「……まあいいわ。行くわよ。この鬱憤《うっぷん》は無色相手に晴らさせてもらうとするわ」

「是非。ですが我々は少し準備がありますので、先に向かっていてくれますか？」

「はいはい。じゃあ、またあとでね」

言って小さく手を振り、瑠璃が学園長室を出ていく。

数十秒後。瑠璃の足音が完全に聞こえなくなったところで、無色は黒衣に向き直った。

「……よかったんですか？」

「なんのことでしょう」

「身体《からだ》が彩禍《さいか》さん状態のときの意識の話ですよ。それに――黒衣のことも」

無色が言うと、黒衣は小さく吐息した。

「――いいのさ。全てを明かすことが最善とは限らない」

そして、今までのそれとは違う口調で、そう言ってくる。

否《いな》、口調だけではない。表情や所作までもが、先ほどまでとはまるで別人だった。

それもそのはず。烏丸《からすま》黒衣とは、久遠崎彩禍の意識が宿った義骸の名だったのだから。

「でも」

「別に瑠璃《るり》が信用に足らない人間だと言っているわけではないよ。ただ、冷静に考えてみたまえ。今まで触れ合ってきた『わたし』の中身が、ここ数ヶ月の間、ずっと自分の兄だったと知ったら、瑠璃はどう思うかな?」

「……あー……」

言われて、無色は渋面を作った。……確かに、それは嫌すぎる。

もっとも敬愛する人物の中身が、無色に入れ替わっていた。つまり、今まで彩禍の前でしてきたあんな言動やこんな行動が、自分の兄に筒抜けだったというのだ。考えるだけでも羞恥心が爆発してしまいそうだった。

「それに、今まで君がわたしの身体で、女子の着替えに紛れ込んだり、入浴していたりしたことをどう説明するつもりだい?」

「うっ——」

無色は思わず口ごもった。着替えに紛れ込んでしまったのは不可抗力であるし、入浴は黒衣の手を借りながら、可能な限り彩禍の尊厳を傷付けないよう配慮しているつもりだったのだが……瑠璃がその事実を聞いたとき、どう思うかは別の話だった。

「……理解しました。ご配慮ありがとうございます」

「いや、構わないさ」

ところで、と、無色のカードが残されたテーブルの上を見ながら黒衣が続ける。

「……このカードゲームは何が面白いんだい？」

「あっ、興味ありますか？」

無色が目を輝かせながら言うと、黒衣は苦笑しながら「……いや、瑠璃が待っている。あとにしよう」と言った。

◇

「──瑠璃さんには、彩禍様の意識の件は伏せておくということにしたはずでは？」

「……す、すみません。咄嗟《とっさ》だったもので……」

練武場で小声の黒衣に詰め寄られ、無色は恐縮するように肩をすぼめた。

「ちょっと、何二人でこそこそ話してるのよ」

するとそんな二人の背に、少し離れた位置にいた瑠璃が不満げな声を発してくる。

内緒話が長引きすぎてもよくない。無色と黒衣は瑠璃の方に戻っていった。

「失礼。先ほどの戦いを踏まえて、無色さんにアドバイスを」

「ふうん……私に内緒ってことは、私から一本取るつもりってこと？　面白いじゃない」

瑠璃が半眼を作り、【燐煌刃《りんこうじん》】をブンと振る。無色は頬に汗を垂らした。

「お、お手柔らかに……」

「腰が引けていますよ、無色さん。実戦訓練は戦闘技術の習熟だけでなく、相手の殺気に慣れるという目的もあるのです。戦う前から気圧されていては、勝てるものも勝てません。——そしてそれは、あの鴇嶋喰良《ときしまくらら》も例外ではないでしょう」

「……っ——」

「……そうね」

黒衣が発した名に、無色と瑠璃は険しい表情を作った。

鴇嶋喰良。元魔術師養成機関〈影の楼閣《かげのろうかく》〉所属の魔術師にして、神話級滅亡因子《マイソロジア》〈ウロボロス〉と融合した少女。

人類の仇敵《きゅうてき》とも呼ぶべきその少女は、無色たちとも因縁浅からぬ相手であった。

「——鴇嶋喰良は新たに四つの〈ウロボロス〉の身体を確保し、確実に力を増しています。決して油断できる状況ではありません」

「なんですって？」

黒衣《くろえ》の言葉に、瑠璃がぴくりと眉を上げる。

「新たに四つ……？　ちょっと待って。なんでいきなり、そんな数の封印が解かれてるのよ。封印施設の警備は強化されているはずでしょう？」

「はい。ですがつい最近、施設の外殻が破壊される事件が起きてしまったのです。――主に、海中、海沿いに位置する施設の」

「――――！」

言われて、無色と瑠璃は目を丸くした。

黒衣の言っている『事件』に、心当たりがあったのである。

「まさか……〈リヴァイアサン〉のこと？　確かにあれは喰良の術式によるものって話ではあったけど――」

「はい。なぜあのようなタイミングで、不完全な神話級滅亡因子の復活などを行ったのか疑問だったのですが、あの混乱に乗じ、鴇嶋喰良が眷族《けんぞく》を使って複数の封印施設を襲撃したという事実が明らかになりました。恐らく本当の目的は、最初からそちらにあったのではないかと思われます」

「……あの女」

瑠璃が憎々しげに言って、奥歯をギリと噛《か》み締める。

とはいえ瑠璃の気持ちもわからなくはない。

無色たちは先日、魔術師養成機関〈虚の方舟《うつろのはこぶね》〉にて、復活した神話級滅亡因子〈リヴァイアサン〉と交戦。決死の戦いの末、辛《から》くもこれを撃破した。

あの戦いが、喰良の目的達成のための副産物兼目眩《めくら》ましだったというのだ。呪いの一つも吐きたくなるというものだろう。

しかし、瑠璃にそんな顔は似合わない。無色はゆっくりと首を横に振った。

「でも、あそこで〈リヴァイアサン〉を倒したことによって、不夜城《ふやじょう》一族の呪いは解けた。あの戦いは決して無駄なんかじゃなかった」

「無色……」

瑠璃が無色の目を見ながら、細く息を吐く。

無色とて、全てが上手《うま》くいっているとは思っていない。喰良の脅威が増していることは事実だろう。

けれど、失ったものを嘆くよりも、得たものを誇った方がいい。少なくとも、魔術師とはそうであるべきだ――彩禍ならばきっとそう言う気がした。

瑠璃も、そんな無色の思いを察してくれたのだろう。ふっと目を伏せながらも、小さくうなずいてみせた。

「……そうね。大事なのは今ある手札《カード》で何を為すかよ」

「その通りです」

瑠璃に同調するように、黒衣が首を前に倒す。

「つまり、場の魔女様が制服姿なのに、手札に私服系のアイテムカードしかないとしても、組み合わせ方によってはシナジーを発揮する場合があるということよ」

「その通……なんて？」

瑠璃に困惑するように、黒衣が首を傾《かし》げる。しかし、無色《むしき》は大仰にうなずいた。

「なるほど。そういうことか」

「なんでわかるのですか」

黒衣は脱力するように吐息したのち、続けた。

「とにかく、今は訓練あるのみです。もう一度――」

と、そのときであった。

「――おう、こんなところで何やってやがる、テメェら」

後方から、どこか不機嫌そうな男の声が聞こえてきたのは。

「あ……」

声の方向に目をやる。いつの間に現れたのだろうか、そこには長身の男が一人、腕組みしながら立っていた。

歳《とし》の頃は二〇代中頃といったところだろう。三つ編みに結わえた髪に、褐色の肌。整った顔立ちをしてはいるのだが、その表情は常に険を帯びているかのような印象があった。

仕立てのよいシャツにスラックス、ベストに身を包み、首や手には金色に輝くアクセサリーを着けている。一歩間違えば悪趣味に見えてしまいかねない装《よそお》いではあるのだが、彼の容貌や雰囲気のためか、不思議と嫌味のない印象に収まっていた。

アンヴィエット・スヴァルナー。〈庭園《ていえん》〉教師にして、瑠璃と同じく〈騎士団〉の一角に数えられる魔術師である。

「どうも。お疲れ様です、騎士アンヴィエット」

突然の闖入《ちんにゅう》に驚くでもなく返したのは黒衣だった。目を伏せ、恭《うやうや》しく礼をしてみせる。

「新入生である玖珂《くが》無色さんの訓練を、騎士不夜城に見ていただいているところです」

「玖珂の訓練？　不夜城が？」

アンヴィエットは眉を歪《ゆが》めながら言うと、無色の方に歩み寄ってきた。

「……医療棟の場所はわかるな？　怪我《けが》したら早めに駆け込め。時間が経《た》ちすぎてなきゃ、落ちた腕くらいは接《つ》いでくれる」

そして、小さくひそめた声で言ってくる。目つきは相変わらず悪いままであったし、言葉遣いも粗野なものであったが、内容はだいぶ無色を慮《おもんぱか》ってくれているようだった。

そう。見た目や振る舞いから誤解を受けがちではあるが、このアンヴィエット・スヴァルナーという男、こう見えて〈庭園〉の中でも指折りの良識派だったのである。

「なんで私が無色に深手を負わせる前提なんです！」

どうやら聞こえていたらしい。瑠璃がたまらずといった調子で叫びを上げる。

するとアンヴィエットが、半眼を作りながら返した。

「なんでって。テメェ確か最初の授業のときもコイツと模擬戦やりたがってただろ。それにことあるごとにコイツに魔術師やめろ魔術師やめろ言ってるみてェだし。腕の一本でも飛ばして魔術師の道諦めさせようとしてんじゃねェのか？」

「それは……そうでしたけども！」

「そうだったんだ……」

「そうだったんですね」

無色と黒衣が言うと、瑠璃はハッと肩を震わせた。

「む、昔の話よ！　それにあくまでいざとなったらというか、最後の手段であって……ちゃんとすぐにくっつけるつもりだったし！」

「いざとなったらやる気だったんだ……」

「いざとなったらやる気だったんですね」

「だからそうじゃない……わけじゃなくもなかったんだけど、そうじゃなくて！」

瑠璃《るり》は混乱するように髪をわしわしとかきむしると、バッと顔を上げた。

「とにかく！　もうそういうつもりはないから！　むしろ今は本気で無色を鍛え上げる気満々！　オーケイ⁉」

「いや、オーケイ？　言われても」

アンヴィエットは頰に汗を垂らしながらも、小さく息を吐いた。

「まあ、心境の変化があったなら別に構わねェよ。本人が納得してる以上、オレが口出すようなコトでもねェしな。久遠崎《くおざき》の侍従が一緒なら、そう無茶はしねェだろ」

アンヴィエットが肩をすくめる。瑠璃はどこか不服そうに口をへの字に結んだ。

「そういえば、アンヴィエットさんはどうして練武場に？」

「ん？　ああ……」

場の空気を変えようと無色が問うと、アンヴィエットは何かを思い出したように首肯し、無色たちの顔を順繰りに眺めてきた。

「テメェらならまあ——十分だな。今時間取れるか？　ちっと『外』に用があってな。人手を探してたんだ」

「『外』に用、ですか？」

ここで言う『外』とは、すなわち〈庭園〉外のことである。

「ああ。エルルカのヤツから、発注した魔導薬用の触媒を取ってきてくれって頼まれてな。なんでも特別なモンらしく、A級以上の魔術師の監督の下じゃねェと取り扱いが許されねェ代物らしい」

アンヴィエットの言葉に、瑠璃が不思議そうな顔を作った。

「エルルカ様の？　それなら月一回、定期的に納入されてるはずじゃ」

「運搬業者唯一のA級魔術師が商品を横流ししてたとかでな」

「……それは、また」

「今代わりを探しちゃいるらしいが、早急に必要な品物は現地まで取りに行かなきゃならねェらしくてよ」

めんどくせェ、と吐き捨てるように言いながら、アンヴィエットが肩をすくめる。

悪態を吐《つ》きながらも、結局頼み事を引き受けているのが彼らしくはあった。

「なるほど、事情は把握しました。そういうことであれば私も同行します。——無色、黒衣。いいわね？」

瑠璃が無色たちの方を見ながら言ってくる。すると黒衣が、首肯してからそれに返した。

「はい。わたしと無色さんも後学のため同行させていただいてもよろしいでしょうか」

「好きにしな。ただし条件がある」

「条件……ですか？」

無色が緊張しながら問うと、アンヴィエットは鋭い視線のまま続けた。

「決まってんだろ。——園外活動申請書を書いてからだ」

どこまでいっても几帳面《きちょうめん》な男だった。

◇

都会を『コンクリートジャングル』と呼んだ者はセンスがある。

鬱蒼《うっそう》と生い茂る建造物の合間を走りながら、少女は漠然とそんなことを思った。

「はぁ……っ、はぁ……っ——」

アスファルトで舗装された道は、ぬかるんだ地面より幾分走りやすくはあったけれど、彼女にとって市街地と森林の違いといえばそれくらいのものに過ぎなかった。ビルも木々も、目の端を流れていく分には大差ない。危険な動物にしたって——双方に溢《あふ》れている。量の多寡くらいはあるのかもしれなかったが、少なくとも少女は今まさに、執拗《しつよう》な追跡者に追われていた。

「――こだ――」

「――向こうに――」

「――追え！　もしも逃がしたら――」

後方から、雑踏に紛れて微《かす》かな声音が聞こえてくる。

少女は舗装路を踏みしめると、狭い脇道へと入っていった。

「はぁ……っ、はぁ……っ、はぁ……っ……！」

長い金髪と、汚れた服の裾を振り乱しながら、一心不乱に路地を走っていく。途中、道に積まれていたプラスチック製のカゴやゴミ袋を蹴飛ばしてしまうが、気に留めているような余裕はなかった。

足を一歩踏み出すたび、肺が大きく引き絞られ、喉を通って温かい息が断続的に吐き出される。それに合わせるようにして、手足が軋《きし》み、胸が痺《しび》れ、頭が痛んだ。

まるで吐息と一緒に、少しずつ命を零《こぼ》してしまっているかのような感覚。

けれど、止まらない。止まれない。今足を止めてしまったなら、当分の間身体《からだ》は動かないだろうという確信があった。

追跡者はきっと、彼女を殺しも、喰《く》らいもしない。

むしろ彼女を見つけたなら、暖かな部屋に上等な衣服と食事を用意し、懇切丁寧に遇することだろう。

しかしその代わり、彼女が外の景色を見ることは二度とあるまい。追跡者たちは、何の冗談でもなく少女を『箱入り』にしてしまうことが目的なのだ。事実、こうして彼女が空を拝んだのは、数ヶ月ぶりのことであった。

この逃亡が最後のチャンスと言っても過言ではない。もしも捕まったなら、今度は幽閉場所を地下や孤島にでもされてしまいかねなかった。

「は――っ、は――っ――」

路地を抜け、大きな通りに出る。道行く人々が少女の姿に気づいてか、奇異そうな視線を向けてきた。

だが少女は、誰かに縋《すが》ったり、助けを求めようとしたりはしなかった。別に矜持《きょうじ》が許さなかったわけでも、見知らぬ人間を危険に巻き込むことをよしとしなかったわけでもない。単純に、意味がないと判断したのだ。

追跡者たちは、ただの人間ではない。魔性の術を扱う者たちだ。通行人はもちろん、銃を帯びた警官であろうと、彼らに敵《かな》うとは思えなかった。

だからこそ、少女は走った。

裡《うち》なる声に従って――

愛《いと》しい人の元へ、辿《たど》り着くために。

◇

〈庭園〉を出て、アンヴィエットの運転する車に揺られることおよそ三〇分。

人通りのまばらな町外れにさしかかったところで、アンヴィエットは適当な場所に車を停《と》め、エンジンを切った。

「――こっからは歩きだ。降りな」

言って、アンヴィエットがシートベルトを外し、運転席から降りる。無色《むしき》と瑠璃、黒衣《くろえ》もそれに倣《なら》うように車から出た。

無色たちの乗っていた〈庭園〉の共用車は、日本中どこにでも走っていそうな白のハイブリッドカーであった。広い駐車場に停めたなら、見つけるのに苦労してしまいそうな見た目である。

とはいえ実際、それこそが狙いなのだろう。魔術師は秘匿性を是《ぜ》とする。無駄に目立つことのないこのデザインこそが、現代魔術師の隠れ蓑《かくれみの》であるに違いなかった。

ちなみに〈庭園〉駐車場の端に停められていたアンヴィエットの私用車は、ギラッギラに改造された派手なオープンカーだった。プライベートはまあ、自由である。

「こっちだ」

アンヴィエットが皆を先導するように歩き出す。

無色たちはその背を追って歩を進めた。

「こんなところに、魔導薬の触媒を売ってる店があるんですか？」

道中、辺りの風景を眺めながら無色は呟《つぶや》いた。ごく普通の町並みである。見慣れたコンビニや飲食チェーン、書店などが立ち並んでおり、不審な点は一切見られない。

「言ったろ。少し歩く。ただまあ、期待してるような外観ではねェよ。認識阻害で外からは普通の景色に見えてるしな」

言いながら、狭い路地へと入っていく。迷いのないその調子に、無色は再び声を上げた。

「随分慣れてますね。以前もこういうことあったんですか？」

「ん？　ああ……まあ、エルルカの奴ァ人のこと便利屋か何かだと思ってるフシがあるからな。ったく、こっちもヒマじゃねェってのに」

それはアンヴィエットがなんでも頼みを聞いてくれるからなのでは、と思ったが、それを言わずにおくだけの配慮が無色にもあった。

「……つっても、業者の魔術師が品の横流ししてたってのは初めてだな。A級ならそれなりに待遇もよかったろうに、馬鹿やりやがって」

「横流し……っていうことは、どこか買い取ってくれる場所があるってことですか？」

それは先ほどから気になっていることであった。魔導薬の触媒というのが具体的にどのようなものかは知らなかったが、魔術を修めていなければその真価を発揮することはできないだろう。

「詳しいこたァ知らねェが……まあパッと思いつくのは、はぐれ魔術師の連中だろうな」

「はぐれ魔術師？」

無色が首を傾《かし》げると、隣を歩く瑠璃がそれに答えるように声を上げてきた。

「養成機関で魔術を習いながら落伍《らくご》した者、養成機関以外で魔術を修めた者、滅亡因子との戦いから逃げ出した者――出自は様々だけど、要は、魔術師でありながら、滅亡因子と戦うこともなく、さりとて一般人に戻るわけでもなく、身につけた魔術を私利私欲のために使う者たちのことよ」

瑠璃は言葉に満ちる険を隠そうともせず、続けた。

「伝統派の魔術師の中には、本当に真理を求め、道を究めるためだけに活動している人もいるけど……そういう例外を除けば、基本的には屑《くず》だと思って間違いないわ。裏社会で違法行為に手を染める者も少なくない。私たちにとっては頭痛の種ね」

言って、苛立《いらだ》たしげに腕組みしながら、フンと鼻を鳴らしてみせる。根が生真面目《きまじめ》な瑠璃のことだ。人智《じんち》を超えた力を身につけながら、その責任を果たさず、あまつさえ悪事に荷担していることが許せないのだろう。

「まあ、言い方にやや悪意はあるが、概《おおむ》ねそんなトコだ。積極目標ではないにしろ、一応討伐対象に指定されてる。もしも遭遇することがあれば――」

と。そこまで言ったところで、アンヴィエットが不意に言葉を止める。

不思議に思った無色だったが、理由はすぐに知れた。

アンヴィエットが曲がり角にさしかかったとき、小さな影が飛び出してきて、彼にぶつかったのである。

「きゃ……っ！」

短い悲鳴を上げて、その人影がその場に尻餅をつく。

小さな女の子である。歳《とし》は一〇歳前後といったところだろうか。金色の長い髪が、陽光を浴びてキラキラと輝いていた。

「……っと。悪《わり》ィな。大丈夫か？」

アンヴィエットが膝を折り、少女に手を差し伸べる。

しかし少女は驚いたように目を見開いてアンヴィエットの顔を見上げながら、肩を上下させるのみだった。

「ちょっと、怯《おび》えてるじゃないですかアンヴィエット」

「突き飛ばしておいて睨《にら》み付けるとはなかなかの外道っぷりですね」

「テメェらなァ……」

瑠璃《るり》と黒衣の言葉に、アンヴィエットが汗を滲《にじ》ませる。

が、アンヴィエットはすぐに眉根を寄せ、目を細めた。

恐らく、彼も気づいたのだろう。少女の様子が、尋常ならざるものであることに。

美しい金髪は振り乱したかのように荒れ、頬や手には擦り傷が見受けられる。身に着けている服は上等なものだったが、土埃《つちぼこり》で汚れ、ところどころ何かに引っかけたような穴が開いていた。

よくよく見てみると、彼女が肩を震わせているのも、アンヴィエットに恐れを抱いているからではないようだった。単純に、息が上がってしまっているのだ。先ほどから一言も発さないのも、乱れた呼吸を整えるのに精一杯だからのように思われた。

極めつけは足だ。少女は靴を履いておらず、裸足《はだし》だった。白い足の裏が土で汚れ、血が滲んでいる。あたかも、恐ろしい何かから逃げていたかのように――

「………！」

次の瞬間、少女が走ってきた方向から人影が現れ、無色は身体を緊張させた。

黒のスーツを纏《まと》った男たちだ。人数は五名。彼らは無色たちの姿に気づいたように足を止めると、何やら目配せをし合った。

数秒後、代表と思《おぼ》しき男が、ゆっくりと歩み出てくる。

「──お嬢様、お屋敷《やしき》へ戻りましょう。旦那様も心配されていますよ」

そして、柔らかい物腰と落ち着いた口調でそう言い、少女に手を差し伸べるような仕草をする。予想外の反応に、無色は目を丸くしてしまった。

「……あァ？　何モンだ、テメェら」

しかしアンヴィエットは、不審そうな視線を保ったままそう言い、ゆらりとその場に立ち上がった。それに応ずるように、代表の男が恭《うやうや》しく礼をしてくる。

「お騒がせして申し訳ありません。我々はさるお方に雇われた使用人でございまして……お屋敷から逃げ出されたお嬢様を追っていたのです。──お嬢様、何かご不満があるのなら、我々からも旦那様に掛け合ってみます。どうかご機嫌を直してください」

困り顔を作りながら、男が訴えかけるように言う。

その返答を確かめるように、アンヴィエットが少女に視線を落とした。

すると少女は肩を激しく揺らしながらも、掠《かす》れた声を発した。

「た、す……けて……」

その声を聞いたアンヴィエットは、視線を男たちの方に戻すと、足を前に踏み出した。

あたかも、少女を守るかのように。

「不夜城《ふやじょう》、その嬢ちゃんを頼んだぞ」

「ええ。ただ、あまりやりすぎないように」

瑠璃は全てを察したようにそう言うと、少女の隣に膝を折った。瑠璃もアンヴィエットと同じく〈庭園《ていえん》〉騎士。それ以上のやりとりは必要ないのだろう。

「……ふう」

そんなアンヴィエットたちの動きを見てか、男がやれやれと息を吐く。

そして、先ほどとは打って変わって、険を帯びた言葉を発してくる。

「安い正義感で動くのは止《や》めとけ、兄ちゃん。怪我《けが》じゃあ済まねえぞ。俺たちの目的はその子だけだ。何も見なかったことにしてさっさと失《う》せな」

「ハッ、正直に言ったらどうだ？　子供《ガキ》を集団で追い回すことはできても、大人が出てきたら怖いでしゅ〜、ってよォ」

「……なんだと？」

アンヴィエットの言葉に、男が眉をひそめる。一触即発の空気が辺りに満ちた。

「どうやら、痛い目を見ねえとわからないみてえだな……？」

先に動いたのは男だった。全身に力を込め、腰だめに構えた手を前方に突き出す。

「はぁぁ──ッ！」

と、男が叫んだ瞬間。

その手の周囲に光り輝く紋様のようなものが現れ──そこから放たれた不可視の衝撃波が、建物の壁に炸裂《さくれつ》した。コンクリート製の壁面が丸く抉《えぐ》られ、破片が辺りに飛び散る。

「あ……？」

アンヴィエットが不審そうにその破壊跡を見やる。

無色もまた、それを見て眉根を寄せた。

「黒衣、まさか今のって……！」

「ええ。魔術──第一顕現ですね」

黒衣が至極冷静な調子で返してくる。

それが聞こえたわけでもあるまいが、男は勝ち誇ったように哄笑《こうしょう》した。

「ははは！　どうだ？　この世界には、おまえの常識じゃあ測れないことってのがあるんだよ。次は外さねえ。今のを頭に叩《たた》き込んでやる。わかったら大人しく──」

「ほー……？　もしかしてテメェら、はぐれか」

男の言葉を遮るように、アンヴィエットがあごを上げる。

「なら話は早ェ《はえ》」

「何――」

と、アンヴィエットの言葉に、男が不審そうな顔を作った、そのときである。

視界を光のようなものが横切ったかと思うと、男がその場に倒れ伏した。

「……なっ⁉」

「一体、何が……」

一拍おいて、男の後方に控えていた黒服たちが狼狽《ろうばい》の声を上げる。

それからまた数秒。ようやく『それ』に気づいたのだろう。そのうちの一人がアンヴィエットの方を指さしながら叫んだ。

「界紋《かいもん》……！　魔術師か⁉」

そう。彼の背には今、光輪のような金色の界紋が一画、煌々《こうこう》と輝いていたのである。

するとそれに合わせて、別の男が、何かに気づいたように手を戦慄《わなな》かせる。

「ま、待て。あの背の光輪……まさか、『雷帝』アンヴィエット・スヴァルナーか……⁉」

「な……⁉」

発された名に、男たちの間に動揺が広がっていく。どうやらアンヴィエットの名は、はぐれ魔術師の間でも知れ渡っているらしかった。

しかし同時に、ものすごく気になる言葉が聞こえた気がする。無色《むしき》は半ば無意識のうちに、アンヴィエットの方に視線を送っていた。

「『雷帝』」

「かっこよ」

「もしかして自分で考えたのですか?」

「うるせェ。違《ちげ》ェよ」

無色、瑠璃、黒衣《くろえ》が言うと、アンヴィエットが苛立たしげに、しかしどこか恥ずかしそうに睨んできた。

だがその間も、男たちは戦慄を顔に貼り付けたまま、震える声を発していた。

「ど、どうする……〈庭園〉のS級相手なんて、勝てるわけがない……」

「だからって、『幸運の子』を逃がしたら、ボスに殺されるぞ……!」

「く、くそ……っ、俺が先行する! その隙に――」

「あー、いいから寝てろ」

アンヴィエットが鬱陶しげに言って、パチンと指を鳴らす。

次の瞬間、その指先から電光が走り、男たちを一斉に昏倒《こんとう》させた。

それを確認したのち、アンヴィエットが背から界紋を消す。

「しばらくは目覚めねェハズだ。烏丸《からすま》、〈庭園〉に連絡して回収させとけ」

「はい」

短く答えて、黒衣がスマートフォンを操作し始める。

アンヴィエットはそれを横目で見ながら、少女の元に歩み寄った。

「……で？　はぐれ共に追われてたおまえは何者だ、嬢ちゃん」

「……もしかして――」

アンヴィエットが問い掛けると、少女は小さな声を発した。

「スーのこと、ぎゅっとしたいと思ってる……？」

「…………は？」

突然の発言に、アンヴィエットが目を丸くする。

すると少女はその場に立ち上がり、アンヴィエットの身体《からだ》に抱きついた。

「な、なんだ、おい」

アンヴィエットが不審そうに眉を歪《ゆが》める。

すると少女は、ぎゅうと手に力を込めたのち、感極まった様子で、辿々《たどたど》しく声を上げた。

「ずっと……ずっと、スーに会いたかったんだよね……？

「──おとう、さん──」

その、言葉に。

「え？」

「は？」

「はい？」

「…………はぁぁぁぁぁぁぁぁッ!?」

その場にいた四人は、思い思いの声を上げた。

第二章　魔女さんに会いたかったんだよね？

アンヴィエット・スヴァルナーは、ものすごく不機嫌そうな顔で、〈庭園〉の敷地《しきち》内を歩いていた。

理由は単純なものである。すれ違う生徒や教師たちが、皆アンヴィエットの方をちらちらと興味深そうに見てきたり、小声で話したりしていたからだ。

「ねえ、あれって……」

「うん。やっぱり噂《うわさ》通り……」

「えー……なんかショック」

「アンヴィ先生、そういうところは真面目だと思ってたのに――」

などと、女子生徒たちがひそひそと話をする。一応声をひそめているつもりなのかもしれなかったが、アンヴィエットにはしっかり聞こえていた。

「…………」

「……あァン!?」

眉根を寄せ、女子生徒たちをギロリと睨《にら》み付ける。

「わっ……」

「やば……」

すると女子生徒たちは、小さく肩を震わせ、そそくさとその場から退散していった。周囲にいた他の生徒たちも、自分の方に飛び火してはたまらないと足早に逃げていく。

「ち──」

アンヴィエットはその背を睨《ね》め付けながら、苛立《いらだ》たしげに舌打ちをした。

とはいえ、追いかけたり、問い詰めたりするような真似《まね》はしない。別に彼女らに悪意があるわけではないことはわかっていたし、そんなことをしたとしても、『原因』を取り除かない限り、同じことの繰り返しであるとも理解していたのである。

「…………」

アンヴィエットは足を止めると、後方を振り返り、その『原因』に目をやった。

そこには、アンヴィエットの後ろにぴったりと張り付くように、一人の女の子が立っていたのである。

小柄な体躯《たいく》に、あどけない顔立ち。服は新しいものになり、髪も綺麗《きれい》に結わえてあったが、それは紛れもなく、先日アンヴィエットたちが『外』で助け出した少女であった。

しかも――

「あれ？　あれあれあれ……？」

少女が、まったく物怖《ものお》じする様子もなく、アンヴィエットの顔を覗《のぞ》き込んでくる。

「……ンだよ」

「もしかしておとうさん、スーの頭を撫《な》でたいの……？」

「あァ……？」

「無理しなくてもいいんだよ……？　せっかく会えた娘を愛《め》でたいと思うのは当然の感情なんだから……。うん。わかる。スーにはわかるよ。親子ならではのシンパシーだね」

「だから！　オレは！　おまえみてェな娘ァ知らねェっつってんだろうが！」

少女の言葉に、アンヴィエットはたまらず叫びを上げた。

そう。これこそが、ここ数日アンヴィエットに纏《まと》わり付く悪評の原因だったのである。

しかし少女は、そんなアンヴィエットの反応に驚くでもなく、キョトンとした顔を作るばかりだった。

その代わりとでも言わんばかりに、再び周囲からひそひそ声が聞こえてくる。

「やだ最低……」

「娘さんかわいそう……」

「きっと他にもああいう子がいっぱいいるんだろうなあ……」

「だから聞こえてんだよテメェら！」

アンヴィエットが怒声を上げると、生徒たちはまたわらわらと逃げていった。

そんな様子を見てか、少女がどこか心配そうに言ってくる。

「だいじょうぶ……？」

「いや誰のせいだと思ってやがんだ……」

「スーの頭撫でる……？」

少女が、ぐい、と自分の頭をアンヴィエットの手元に差し出してくる。

「…………」

アンヴィエットはその頭をわしわしと撫でながら、数日前の出来事を思い起こした。


「……お父さん、だァ？」

はぐれ魔術師たちを一瞬で打ち倒したのち。

目の前の少女から突然発された言葉に、アンヴィエットは渋面を作った。

別に不快だったというわけではない。ただ単純に、意味がわからなかったのである。

そもそもアンヴィエットに子供はいない。第一、目の前の少女はアンヴィエットと身体的特徴が異なりすぎている。遺伝的に考えて血の繫《つな》がりがあるとは思えなかった。

……の、だが。

「え、お子さんいたんですかアンヴィエットさん」

「なんで『外』に放置してたんです？　ネグレクト？」

「そういうことはしない方だと思っていたのですが」

同行していた無色、瑠璃《るり》、黒衣は、口々にそう言ってきた。

「テメェらなァ……」

「冗談です」

アンヴィエットが言うと、三人を代表するように瑠璃がそう返してきた。

そしてそののち、少女と目線の高さを合わせるようにその場に屈《かが》み込む。

「こんにちは。もう大丈夫よ。私は不夜城《ふやじょう》瑠璃。あなたのお名前は？」

「…………、スーリヤ」

瑠璃の言葉に、少女が小さな声で応える。瑠璃は大仰にうなずいてから続けた。

「スーリヤ。あなたを追いかけていたこの人たちのことはわかる？」

少女——スーリヤは、倒れ伏した男たちを一瞥《いちべつ》したのち、ふるふると首を横に振った。

「わかんない……。でも、ずっと閉じ込められてたの」

「閉じ込められていた……？」

瑠璃が訝《いぶか》しげに言うと、スーリヤは小さく首肯した。

「今日は……お引っ越しをするって言ってた。だから、久々に外に出られたの。それで、この人たちが見てない間に逃げ出して……」

「……そう。よく頑張ったわね」

瑠璃はスーリヤの頭を撫で、黒衣《くろえ》の方に視線をやった。

「どう思う？」

「それだけでは何とも言えませんが……組織的に活動するはぐれ魔術師たちは非合法な仕事に手を染めることも多いです。あまり好ましい目的ではないでしょう」

「ま、そうよね……」

言葉を暈《ぼか》すように言った黒衣に、瑠璃がため息を吐《つ》く。

「ええと、スーリヤ。おうちはどこかわかる？　お父さんお母さんは？」

「おうちは……わかんない。おとうさんは……」

言いながら、スーリヤがアンヴィエットの方を見てくる。

「だから、違《ちげ》ェって言ってんだろ。まったく覚えがねェよ」

「……この人がお父さんに似てるってこと？」

瑠璃が問うと、スーリヤは「ううん」と頭を振った。

「似てるとかじゃなくて……。スーの名前は、スーリヤ・スヴァルナー。アンヴィエット・スヴァルナーは、スーのおとうさん。ずっと……ずっと、会いたかった」

「は……はァッ⁉」

真摯な眼差《まなざ》しで見つめながら言われ、アンヴィエットは思わず声を裏返らせた。嘘《うそ》を吐いている様子も、こちらをからかっている様子もない。心の底から、アンヴィエットのことを自分の父親と信じ切っているようにしか見えなかった。

無色《むしき》たちも同じことを思ったのだろう。再びアンヴィエットの方に視線を寄越してくる。

「アンヴィエットさん……」

「本当に覚えがないんですか？」

「お酒を飲み過ぎていたのではないですか？」

「ねェって言ってんだろうが！」

先ほどよりも疑わしそうな目で見られ、アンヴィエットはたまらず大声を上げた。

「でも、名前……」

「さっきそこの連中が呼んでたのを聞いたんだろ⁉　ていうかどう見てもそいつ、オレと血縁関係があるようには見えねェだろうが！」

「お母さん似なのかも」

「あー」

「金髪美女ですか……容疑が深まりましたね」

「テメェらなァ……！」

アンヴィエットがピキピキと額に血管を浮かせながら言うと、黒衣が小さく吐息しながら手を打ち鳴らしてきた。

「とにかく、いつまでもこうしているわけにはいきません。この場の後始末は処理班に任せ、わたしたちは一旦〈庭園《ていえん》〉に帰還しましょう。二度手間にはなってしまいますが、騎士エルルカからの依頼は、スーリヤさんの手当を済ませてからです」

「ああ……って、ちょっと待て。まさかそいつも連れてくつもりか？」

アンヴィエットが言うと、黒衣は当然と言うように首を前に倒した。

「身元が確認できるまでの一時的な保護です。きちんと記憶処理をすれば問題ないでしょう。それとも、まさかここに放置していけと？」

「ちっ……」

アンヴィエットは表情を歪《ゆが》めながら舌打ちをした。

「勝手にしやがれ。オレは反対したからな」

言って、踵《きびす》を返そうとする。

しかしそこで、服の裾がぎゅっと摑《つか》まれた。――見やると、スーリヤがまっすぐな視線でアンヴィエットの顔を見上げていることがわかる。

「もしかして……」

「あん？」

「おとうさん、スーのこと、抱っこしたいと思ってる……？」

「…………は？」

唐突に過ぎるその言葉に、アンヴィエットは間の抜けた声を発してしまった。

しかしスーリヤは、目を逸《そ》らすでも気まずそうにするでもなく、ジッとアンヴィエットを見つめ続けてきている。

そんな様子を見てか、黒衣や瑠璃たちが同調するように声を発した。

「なんだ、そうだったのですか」

「ならそうと言えばいいのに」

「あァ!?　何適当なこと言ってやがる！　誰がンなこと――」

「……そっか。ごめんなさい」

アンヴィエットが言いかけると、スーリヤが申し訳なさそうに肩をすぼめた。

なんだかその様が妙にいたたまれず、アンヴィエットは口ごもってしまった。

「いや、だからそれはだな……」

しかし。

「抱っこじゃなくて、おんぶ……だったんだよね？」

スーリヤは、はにかむような顔でそう続けた。

「…………」

その澄み切った眼差しに、思わずたじろぎそうになってしまう。

アンヴィエットはため息を吐くと、スーリヤをおぶるためにその場に屈み込んだ。


――そして、現在に至る。

身元の確認、及び彼女を追っていたはぐれ魔術師たちとの関係が確認できるまでの一時的な措置ではあるのだが、スーリヤは〈庭園〉で生活をすることになったのである。

〈庭園〉にはもともと、滅亡因子被害者の保護施設が併設されている。

滅亡因子を可逆討滅期間内に討伐すれば、その出現による被害は『なかったこと』になるのだが、裏を返せば、期間を過ぎてしまった滅亡因子の起こした現象は、『結果』として世界に記録される。つまり、通常の治療では癒やせない傷を負った者や、孤児などが発生する可能性があるのである。

そういった者たちの保護・治療を行い、最終的に記憶処理を施して『外』に返す。それが、保護施設の主な役割であった。まあ、中には素養を認められ、そのまま魔術師として〈庭園〉に所属するケースもないことはなかったけれど。

ともあれ、〈庭園〉に連れてこられたスーリヤも、しばらくはそこで面倒を見てもらうことになった。

しかし——

「あれ……？　もしかしておとうさん、スーのことを褒めたいの……？」

一体どうやって抜け出してきたのか、スーリヤは気がつくとアンヴィエットの側《そば》に現れ、あとをついてくるようになったのである。

最初は保護施設に連絡して連れ戻してもらっていたのだが、何度施設に戻しても、いつのまにかアンヴィエットの側にいるときたものだ。やがて施設の職員も諦め始め、対応をアンヴィエットに任せてくるようになったのである。

なんなら、スーリヤがずっと「おとうさん、おとうさん」と言うものだから、本当にアンヴィエットの娘だと思っている節《ふし》があった。職員を呼んでスーリヤを引き渡すたびに、「こんなに自分を慕っている子を……」「責任も取らないで……」「人でなし……」という目で見られていたような気がした。

果たして〈庭園〉に、子連れ教師が爆誕することと相成ってしまったのである。

とはいえ、本当にこんな状態で仕事ができるはずもない。〈庭園〉の敷地《しきち》内に授業の予鈴が鳴ると同時、アンヴィエットはスーリヤに視線をやった。

「何を褒めんだ。何を。……保護施設に戻らねェのはおまえの勝手だが、オレの仕事の邪魔はすんじゃねェぞ」

「うん」

アンヴィエットが言うと、スーリヤはこくりとうなずいた。

「……チッ」

自分に一切非はないはずなのだが、なんだか悪いことをしている気分になって、アンヴィエットは小さく舌打ちをした。

しかし、いつまでもこうしてはいられない。授業の準備をするため、アンヴィエットは舗装路を歩いていった。

すると当然のように、スーリヤもそのあとをついてきた。

「──いや授業にはついてくるなって意味で言ったんだよ！」

アンヴィエットはぐわんと身体《からだ》を反らすと、たまらずといった調子で叫びを上げた。

◇

「──ところで魔女様。改めて一つ確認をさせていただきたいのですが」

瑠璃《るり》が神妙な調子で言ってきたのは、五限目の授業が始まろうとしているときだった。

本日五限目の授業は発動修練。つまりは魔術の実習だ。生徒たちは既に運動着に着替え、練武場に集合している。瑠璃も無色も例外ではなかった。

そして、瑠璃の呼称が示すとおり、今の無色は久遠崎彩禍《くおざきさいか》の姿をしていた。明確に期間を定めているわけではないのだが、定期的に存在変換をすることにしているのである。

単純に、無色と彩禍、どちらかが長期間姿を見せないのも望ましくなかったし、黒衣が言うには、それぞれの身体で学ぶべきことがある……とのことだった。

「ん。なんだい、瑠璃」

無色は、彩禍らしい仕草と口調でそう返した。

何しろ瑠璃は、身体が彩禍モードのときは中身も彩禍だと思っているのだ。今も無色の意識で行動しているということを気づかれるわけにはいかなかった。

今までバレなかったのだから大丈夫だろう――とは、無色は思わなかった。何しろ相手は久遠崎彩禍ファンクラブ（非公式）会員ナンバー〇〇〇〇〇一・不夜城《ふやじょう》瑠璃。しかも今は、彩禍と無色が合体した状態にあるという知識を持っているのだ。僅かな油断が命取りになる危険は十分あった。

そんな懸念《けねん》を見透かすかのように、瑠璃は小さくひそめた声で言葉を続けてきた。

「今の魔女様は中身も魔女様で、無色の意識は完全に休眠しているのですよね？」

「……、なぜそんなことを聞くんだい？」

思わずドキリとした無色だったが、なんとかその動揺を抑え込み、問い返した。

すると瑠璃は、慌てたように首を横に振りながら返してきた。

「い、いえ。すみません。別に魔女様を疑っているわけではないんです。ただ――」

「ただ？」

「もしも万が一、無色の意識がほんの少しでも覚醒していたとしたら……魔女様の姿でお着替えをされたり、お風呂《ふろ》に入ったりされている光景をばっちりしっかり目撃していることになるわけで、なんだかとっても羨《うらや》ま許せねえなと思いまして」

「………」

瑠璃の言葉に、思わず汗を滲《にじ》ませる。

するとそんな無色に代わって、声を上げる者がいた。

「ご心配には及びません。彩禍様の身を守る侍従として、わたしが保証します」

無論、黒衣《くろえ》だ。彼女もまた、無色《むしき》たちと同じように運動着に身を包んでいる。

「そ、そう。ならいいんだけど」

「はい。もしもその確認が取れていなければ、わたしもこんなに冷静ではいられません。無色さんは良識ある男性だと認識していますが、健全な男子高校生です。人生で一番女体に興味津々《きょうみしんしん》な時期です。そんな無色さんが彩禍様の肉体を手に入れたとしたなら……」

「したなら……？」

「まあ、間違いなく胸くらいは揉《も》んでいるでしょう」

「無ぅぅぅぅ色ィィイイッ！」

瑠璃が憤怒《ふんぬ》に染まった声を上げる。少し離れた位置にいたクラスメートたちがビクッと肩を震わせた。

「いや、あのだね……」

即刻否定したいところだったが、無色には言葉を濁すことしかできなかった。

変に無色を庇《かば》うのも不審がられるかもしれなかったし、何より彩禍と合体したばかりの頃、わけもわからず胸を揉んでしまった前科があるため、声に罪悪感が滲んでしまうのではないかと思ったのである。

ちなみに必要な場面以外で彩禍の胸に触れたのはそれが最後だ。自分が彩禍と合体したのだと認識してからは、可能な限り彼女の尊厳に配慮しているつもりだった。……寝相はノーカウントとしていただきたい。

「落ち着いてください瑠璃さん。あくまで、今無色さんの意識が残っていたならの話です。そのようなことはありませんのでご安心ください。——ですよね、彩禍様」

言って、黒衣が無色の方を見てくる。

「……ああ、もちろん」

無色に対する注意喚起かとも思ったが……その平坦《へいたん》な視線の奥に、どこか楽しげな色があることを無色は見逃さなかった。

どうやら無色に対するからかいも含んでいるようだ。正直ちょっとドキドキした。

と——そのとき。授業開始を報《しら》せるチャイムが、練武場に鳴り響いた。

「おや、時間ですか」

言って黒衣が姿勢を正す。他の生徒たちも、教師の来訪に備えて列を作り始めた。

するとそれに合わせるように、練武場の入り口から、長身の人影が入ってきた。

が。

「…………ん？」

その姿を見て、無色は思わず目を丸くした。

否《いな》、無色だけではない。瑠璃も、他の生徒も、皆似たような顔をしている。

しかしそれも当然だ。何しろそこに現れたのは、可愛《かわい》らしいデザインのリュックを右肩に引っかけ、小さな女の子の手を引いたアンヴィエットであったのだから。

「アンヴィエット先生、その子は一体……」

「あっ、もしかして噂《うわさ》の……？」

「噂って？」

「知らないの？　ほら、アンヴィ先生に隠し子がいたっていう――」

「――んッん！」

にわかにざわめきだした生徒たちを抑えるように、アンヴィエットがわざとらしく咳払《せきばら》いをし、ギロリと皆を睨《にら》み付けた。

「誰だァ……？　オレの授業で私語ブッこいてやがる野郎は。そんなに元気が有り余ってんなら、その分特別メニューでも組んでやろうか？　あァ⁉」

鬼気迫る調子で、アンヴィエットが凄《すご》んでくる。

普段から荒っぽい言動の目立つ彼ではあったが、今日は特に威圧感が強かった。喩《たと》えるならば手負いの獣。何が何でも自分の話題を出させまいとする気迫に満ちあふれていた。

S級魔術師の本気の威嚇に、普通の生徒が口答えできるはずもない。皆、ものすごく女の子のことが気になりながらも、口を噤《つぐ》む他なかった。

「――いや、私語以前に、何授業に娘さん連れてきてるんですか」

ただし、同じくS級魔術師である瑠璃はその限りではなかった。皆が突っ込みたくてたまらなかったことを、半眼でさらりと突っ込んでみせる。

「ぐ……っ、だから娘じゃねェって言ってんだろうが！」

「じゃあなんで連れてきたんですか……？」

「連れてきてねェよ！　勝手についてきただけだッ！」

「え、でも手繋《つな》いでますよね……？」

「こうしてねェとすぐすっ転ぶんだよこいつァ！」

「じゃあそのリュックは……」

「一時間以上ガキを練武場に放置するワケにはいかねェだろうが！」

苛立《いらだ》たしげに叫びながら、アンヴィエットは肩に掛けていたリュックから、可愛らしい絵柄の描かれたビニールシートを取り出し、日陰の地面に敷いた。

そしてその上にスーリヤを座らせ、これまたリュックから取り出した帽子を被《かぶ》らせて、隣に水筒と、小分けにされたお菓子の入った袋を置く。

そうしてから、アンヴィエットは鬼のような形相でスーリヤを睨み付けた。

「いいかテメェコラ、オレの邪魔だけはすんじゃねェぞ?」

「うん」

「水分はこまめに取りやがれ!」

「うん」

「さっき昼飯食ったばっかだから、菓子はもう少し経《た》ってからだぞゴルァ!」

「うん」

アンヴィエットの言葉に、スーリヤが素直にうなずく。別段怖がっている様子は見受けられない。それどころか、どことなく嬉《うれ》しそうに見えた。

「……娘さんじゃないんですよね?」

「だからそう言ってんだろうが!」

不審そうな瑠璃の問いに、アンヴィエットが勢いよく返す。迫力は満点だったが、説得力は皆無だった。

と、そこで追い打ちをかけるように、スーリヤがアンヴィエットの服の裾を引っ張る。

「おとうさん、おとうさん」

「……あ？　ンだよ。授業の邪魔すんなっつったろ」

「もしかして、スーをおしっこに連れていきたいの？」

「…………」

アンヴィエットは、一瞬逡巡《しゅんじゅん》を覗《のぞ》かせながらも、生徒たちの方を睨み付けた。

「……二人ひと組になって柔軟しとけ！　終わったらトラック三周だオラァッ！」

そして指示を発すると、スーリヤを小脇に抱えて、練武場入り口の方へと走っていった。

「…………」

「…………」

「彩禍様」

「あ、ああ」

呆気《あっけ》に取られる生徒たちの中、無色は黒衣とともに、指示通り柔軟を始めた。

◇

——それから三日。

スーリヤはその後もアンヴィエットのあとを付いて回り、そのたび「おとうさん、おとうさん」と呼びかけていた。

そして、口は悪いながらも根が真面目で、なんだかんだ面倒見のいいアンヴィエットは、そんなスーリヤを無視することもできず、仕方なく世話を焼き続けていた。

そんな光景が〈庭園〉の随所で目撃されたものだから、単なる噂に過ぎなかったアンヴィエット隠し子発覚説が、今では既成事実のように扱われてしまっていたのだった。

そんなある日の放課後。

「失礼します——って、わっ」

黒衣とともに中央学舎の職員室を訪れた無色は、思わず目を丸くし、短く声を漏らした。

〈庭園《ていえん》〉の職員室は、普通の学校のそれよりも各々《おのおの》のスペースが広めに取ってあり、それぞれがパーティションで区切られているのだが……その一画にあるアンヴィエット・スヴァルナー教師のブースが、見るもファンシーな有様《ありさま》になっていたのである。

デスクの中央にパソコンが設置され、その脇に各種資料やアンヴィエット愛用のマグカップなどが置かれているのだが、その合間を埋めるように、可愛らしいマスコットや小さなぬいぐるみなどが配置されていたのだ。パソコンやマウスにはキラキラしたシールが貼られ、パーティションの壁面には、小さな子供が描いたと思《おぼ》しきアンヴィエットの似顔絵が貼りつけられている。

「あ……？　玖珂《くが》に烏丸《からすま》か。ンだよ。何か用か？」

　その声で無色と黒衣の来訪に気づいたのだろう。どこか疲れた様子でパソコンを操作していたアンヴィエットが、面倒そうに視線を向けてくる。よくよく見ると、両目の下にうっすらと隈《くま》が見受けられた。

　ちなみに、アンヴィエットの席の隣には子供用の椅子と小さなテーブルが置かれ、そこでスーリヤがスヤスヤスーリヤと寝息を立てている。どうやら次回作に取りかかっている最中らしく、手には色鉛筆が握られ、頬の下には描きかけの絵が敷かれていた。

「あ、はい」

　無色は短く答えると、黒衣の方に視線をやった。

　黒衣はそんな無色からのパスを受け取るように、小さく首肯した。

「スーリヤさんについて、幾つか調査結果が出ましたので、ご報告に参りました」

「……！　何かわかったのか⁉」

　アンヴィエットはバッと身体《からだ》を起こしながら声を上げ、しかしすぐにハッと口元を押さえながら、寝息を立てるスーリヤの方を見た。そして、スーリヤがまだ眠っていることに安堵《あんど》の息を吐いてから、先ほどよりも小さな声で続けてくる。

「……あっぶね。せっかく寝たトコなんだからあんま驚かせんな」

「もう完全に保護者ですね」

「うるせェ。で、調査結果は？」

アンヴィエットが先を促すように言う。

黒衣《くろえ》は小さなタブレット端末を取り出し、続けた。

「まず、スーリヤさんを追っていたはぐれ魔術師たちですが、〈サリクス〉の構成員であるということがわかりました」

「……ほォ？」

「えっと、すみません。〈サリクス〉っていうのは……」

無色《むしき》が問うと、黒衣はタブレットの画面に視線を落としたまま答えてきた。

「はぐれ魔術師たちが作った組織の一つです。規模としては中程度。代表は元A級魔術師ダグ・ウィローズ。主な活動内容は、暴力団や非合法組織への人材派遣──要は裏社会での用心棒稼業《かぎょう》ですね。初歩的な魔術であっても、『外』の人間からしてみれば奇跡に他なりませんので。……無論、我々としては許しがたい行為ではあるのですが、手が回りきっていないのが実情です」

「なるほど……」

無色が難しげな顔で呟《つぶや》くと、アンヴィエットが先を促すようにあごをしゃくった。黒衣が続きを読み上げる。

「捕らえた構成員たちに尋問を行いましたが、なぜスーリヤさんを追っていたのかは答えることができないようでした。いえ、もっと正確に言うなら、こちらが何を言っているのかわからない様子です」

「は？　なんだそりゃ」

「恐らく、情報が漏れないよう、敵に捕まった際に当該記憶を消去する処理が施されていたのではないかと」

「記憶処理だァ……？　コイツを追ってた理由を、はぐれ共がそこまでして隠そうとしてたってのか？　一体何者だってんだよコイツは」

静かに寝息を立てるスーリヤを見ながら、アンヴィエットが言う。

「それについては調査中です。身元もまだわかっていません。ただ――」

「ただ？」

「遺伝子検査の結果、騎士アンヴィエットと血縁関係にある可能性は極めて低いことが判明しました」

「…………、まあ、そうだろうな」

黒衣の言葉に、アンヴィエットが腕組みしながら返す。

ことあるごとに親子関係を否定していたアンヴィエットである。その結果は予想通りだったのだろう。さして驚いた様子も見られなかった。

が——なぜだろうか。その表情には、普段のアンヴィエットには見られないような色が浮かんでいる気がした。

「アンヴィエットさん、もしかして——」

「『寂しいんですか？』とか吐《ぬ》かしやがったら、脳天から爪先まで電気流してやっぞ」

「……お腹《なか》空いてるんじゃないですか？　何か買ってきましょうか？」

先手を打たれ、無色は誤魔化すように言葉を方向転換した。

アンヴィエットは明らかにその不自然さに気づいていたようであったけれど、特にそれ以上言及することなく、細く息を吐いてきた。

「……まァ、諸々《もろもろ》了解した。また何かわかったら教えてくれや」

「はい。では、わたしたちはこれで」

「ああ——、っと、ちょっと待った」

と、無色たちが用件を終えて立ち去ろうとすると、アンヴィエットが声をかけてきた。

「悪《わり》ィが、まだ仕事が残っててよ。帰りがけに拾っていくから、コイツ、宿直室にでも寝かせといてくんねェか？」

「え？　ああ、はい。それはいいですけど……別にここでもいいんじゃ」

「あァ？　机に突っ伏しながら寝んのが身体にいいわきゃねェだろうが。血栓できやすくなんだろ。エコノミークラス症候群舐《な》めんじゃねェぞ。テメェらも気をつけやがれ」

「は……はい」

ぐうの音も出ない正論を返され、無色は汗を滲《にじ》ませながらうなずく他なかった。

「ええと……じゃあ、黒衣」

「はい」

黒衣は無色の意図を察したように、スーリヤの脇に手を差し入れ、ゆっくりとその身体を持ち上げた。そしてそのまま、膝を折った無色の背に、スーリヤを落ち着ける。

「よいしょ……っと」

無色はスーリヤを背負うと、そのまま足に力を入れ、立ち上がった。

「じゃあ、失礼します」

「おう」

アンヴィエットがヒラヒラと手を振ってくる。無色は小さく頭を下げたのち、黒衣とともに職員室を出た。

宿直室は確か、中央学舎一階の端である。無色はスーリヤを起こさないようにゆっくりとした歩調で、廊下を歩いていった。

　時刻は一八時。授業が終わってからしばらく経《た》つため、あまり人影は見受けられない。ずらりと並んだ窓から差し込んだ夕日が、廊下をオレンジ色に彩色し、なんとも幻想的な光景を作りだしていた。

「大丈夫ですか、無色さん」

　と、そんな道中、隣を歩く黒衣がぽつりと言ってくる。

「え？」

「子供とはいえ、意識のない人間の身体は普通よりも重く感じるものですので」

「ああ――」

　言われて、無色は軽く身体を揺すり、スーリヤの姿勢を直しながらうなずいた。

「大丈夫ですよ、これくらいなら。もしかしたら、〈庭園〉の訓練で、多少は筋肉がついたのかもしれません」

　冗談めかすように言うと、黒衣は目を伏せながら「かもしれませんね」と返してきた。

「思えば、早いものです。無色さんが〈庭園〉にやってきてから、もう三ヶ月近く経つのですね。――あまりに目まぐるしくて、正直実感がありません」

「そうですね――」

　無色は感慨深げに息を吐いた。

確かに、彩禍《さいか》と融合して〈庭園〉に来てから様々なことがありすぎて、ろくに息を吐《つ》く間もなかった。彩禍を襲った謎の襲撃者に始まり、〈楼閣〉対抗戦と鴇嶋喰良《ときしまくらら》の暗躍、瑠《る》璃《り》の婚約騒動と〈方舟《はこぶね》〉での一件。何の誇張でもなく無色は、世界の命運を左右するような事件に幾度も巻き込まれていた。

「でも魔術師は、世界の裏で、こんな日々をずっと過ごしてきたんでしょう？」

「確かにその通りではありますが、ここ数ヶ月の事件は、〈庭園〉の歴史上でも類のないものばかりです。何しろ神話級の滅亡因子が、立て続けに現れているのですから」

「あー……」

言われてみればそうかもしれない。改めて、とんでもないタイミングで〈庭園〉に来てしまったと思う無色だった。

「何の誇張でもなく、もしも彩禍様がいなければ、切り抜けられなかった局面の連続でした。——改めて、感謝を」

「いえ、そんな」

無色が言うと、「それに」と黒衣が続けた。

「わたしにとっても、この三ヶ月は、初めてのことばかりでした。何しろ生徒として〈庭《てい》園《えん》〉に通うのは初めての経験ですので。実に新鮮で……楽しいです。——もう少しこんな生活が続いてもいいと思ってしまうくらいには」

「黒衣……」

無色が言うと、黒衣は小さく頭を振った。

「ご安心ください。目的を忘れたわけではありません。それは無色さんも同じでしょう?」

黒衣の言葉に、無色は「──はい」と首肯した。

「俺の目標も、変わりません。俺は──彩禍さんと身体を分離させて、もう一度出会いたいと思ってます。鏡越しでも、別の身体越しでもなく、ちゃんと一人と一人の人間として」

「────」

無色が言った瞬間。黒衣がぴくりと眉を揺らし、周囲に視線を巡らせた。

「あ──」

その動きを見て、小さく息を詰まらせる。

ひとけのない放課後とはいえ、ここは中央学舎。どこかに人の耳がないとも限らなかった。無論、聞かれたところで本気にする者などそうはいないだろうが、だからといって軽々しく吹聴《ふいちょう》するようなことではないだろう。

「すみません、軽率でした」

「……いえ、そうではなく。今、何か聞こえませんでしたか？」

「え？」

言われて、無色は目を瞬《しばたた》かせた。

「いえ、俺には何も……」

「そうですか」

黒衣はもう一度周囲を見たのち、細く吐息した。

「すみません。少し神経が過敏になっていたのかもしれません」

そしてそう言うと、気を取り直すようにこほんと咳払《せきばら》いをする。

「――さて、今日もいろいろありましたが、そんなときこそ日々の日課を忘れてはいけません。スーリヤさんを宿直室に預けたら、昨日の続きをしましょう」

「はい。実はあのあと瑠璃と新弾カードを作ったばかりです」

「誰が彩禍様カードゲームの話をしているのです」

「あっ……すみません」

無色《むしき》が詫《わ》びると、黒衣《くろえ》はふうと息を吐いてきた。

「……一戦だけですよ。そのあとは訓練です」

「えっ？　あ——はい！」

無色は驚きながらもそれに力強く答えると、夕日に染まる廊下を歩いていった。

◇

次の日の朝。

普段より少し早い時間に目を覚ました無色は——微《かす》かな違和感に眉を揺らした。

「…………」

寝起きのぼんやりとした意識の中、疑問符を浮かべる。

とはいえ、別に夢見が悪かったわけでもなければ、窓から差し込んでくる朝日がいつもより強かったわけでも、寮の隣で爆音を伴う工事が始まったわけでもない。具体的に何がおかしいのかは、自分でもよくわからなかった。

時間とともに、徐々に意識がはっきりとしていく。

——最初に気づいたのは、匂いだった。

花のような、石鹸《せっけん》のような……ほんの微かな甘い香り。男子寮の一室には似つかわしくない芳香が、無色の鼻腔《びこう》をくすぐっていたのである。

「ん……」

蜜に誘われる蜂のごとく、ゆっくりと目を開ける。

そして。

「…………え？」

次の瞬間。無色はベッドの上で硬直した。

だがそれも無理からぬことだろう。

何しろ無色の目の前には今、二重の意味で信じがたい光景が広がっていたのだから。

無色の隣。手狭なベッドの上に、一人の少女が横たわり、寝息を立てていたのである。

それだけでも、無色にとっては心臓が口から飛び出てしまいかねないほどの衝撃だった。

突然の事態に、寝起きでゆったりと脈打っていた心臓が、突然バクバクと激しいビートを刻み始める。

だが——違う。それだけではない。確かに驚愕《きょうがく》の事態ではあったが、それだけでは、無色もここまで混乱しなかった。

問題は、その少女が、一体何者かということだった。

無色は鼓動とともに微かに震える視界の中、少女の容貌を改めて見つめ直した。

窓から差し込む朝日を浴びてきらきらと輝く陽色《ひいろ》の髪。

神々の寵愛《ちょうあい》を一身に受けたとしか思えない、端整な造作の貌《かお》。

両の目は閉ざされ、その双眸《そうぼう》を窺《うかが》い知ることはできなかったが──無色には、その瞼《まぶた》の奥に隠されているであろう瞳の色が、はっきりとイメージできた。

理由は単純なものである。無色はその少女の貌を、毎日のように見つめていたのだ。

そう。つまりそれは──

「……ん、ん……」

と、無色の脳が結論を導き出そうとした、そのとき。

少女が小さく身じろぎし、ゆっくりと瞼を開けた。

無色が想像していたものと寸分違《たが》わぬ、幻想的な極彩色《ごくさいしき》の双眸が、吐息が触れるほどの至近距離で、無色を見つめてくる。

「ああ……おはよう、無色。いい朝だね」

そして、少女──久遠崎彩禍は、そう言って小さく微笑《ほほえ》んだ。

「…………」

無色は、目をまん丸に見開くと、声を発することもできず、そのまま後方にゆっくりと転がり──ベッドから落下した。

「あぐ……っ！」

「おや」

鈍い音が響くと同時、背中に痛みが生じる。

どうやら夢ではないらしい。舞い上がった埃《ほこり》が、陽光を浴びてきらきらと輝くのを見ながら、無色は呆気《あっけ》に取られるように天を仰いだ。

「大丈夫かい、無色」

ベッドの上から、彩禍がぬっと顔を覗《のぞ》かせてくる。

天からこちらを見下ろすその様は、さながら天使のようであった。

「彩禍……さん？　な、なんで――」

その現実感のない光景に、無色は呆然《ぼうぜん》と声を発した。

しかしその疑問は当然のものだろう。

「なんで――いるんですか⁉」

無色は、その極彩の双眸を見つめながら、その言葉を発した。

間の抜けた質問であることは自覚している。だが、他に表現のしようがなかった。

すると彩禍は、無色に言われて初めてそれに思い至ったかのように、目を数度瞬《まばた》かせた。

「ああ……そういえばそうだね。不思議なこともあるものだ」

「さ、彩禍さんにも何が起こったのかわからないんですか……？」

「不甲斐《ふがい》ないことにね。それに……少しばかり、意識の混濁があるようだ。記憶がはっきりとしないところがある」

言いながら、彩禍が額を軽く押さえる。別段深刻そうな様子でもない。頭痛を覚えたというよりも、意識の混濁という事柄をわかりやすく表現するためにそんなジェスチャーを取ったという方が適当なようにさえ思われた。

「――だ、大丈夫ですかっ⁉」

しかし無色は、泡を食ったようにその場に飛び上がった。

そして、己の至らなさを恥じる。自分と彩禍が分離しているという状況に驚くばかりで、それが彩禍にどのような影響を及ぼすのかまで考えが及んでいなかった。

彩禍との分離。無色と彩禍の並列存在。それは無色の悲願であり、宿願だ。理由はどうあれそれが達されたのならば、喜びこそすれ悲嘆する必要はない。

けれどそれは、あくまで何の問題もなく二人が分離できていた場合の話である。

「と、とにかく、身体《からだ》に問題がないか確認しましょう。意識の混濁っていうのはどの程度のものですか⁉　手足はちゃんと動きますか⁉　どこか痛むところは――」

と。捲《まく》し立てるように言っていた無色は、そこで不意に言葉を止めた。

別に、彩禍《さいか》や自分の身体に異常が起きていることに気づいたわけではない。

もっと単純で、もっと深遠で、もっと根源的な理由。

そう。今の今まで、無色は気づいていなかったのだ。

――ベッドの上で身を起こす彩禍が、その身に何も衣服を纏《まと》っていないことに。

「あ、あ、あ……」

無色はこれ以上ないほどに目を見開くと、震える喉から断続的に声を零《こぼ》した。

顔が真っ赤になっているであろうことがわかる。何なら、頭頂部から煙くらい噴き出していそうだった。

細い首。艶《なま》めかしい鎖骨。華奢《きやしや》な肩――

幸か不幸か、その身に毛布を被《かぶ》っていたため、無色の目に晒《さら》されていたのはそれくらいであったけれど、無色にとっては十分に過ぎるほど刺激的だった。布一枚を通して浮かび上がる身体の稜線《りようせん》が、無色の旺盛な想像力をこの上ないほどにかき立ててくる。

しかも、それで終わりではなかった。

「ん？　何かおかしなところでもあったかな？」

無色の様子を不思議に思ってか、彩禍が自分の身体を矯《た》めつ眇《すが》めつ眺め始める。

その際、両腕を持ち上げたものだからさあ大変。辛《かろ》うじて彩禍の身体に纏わり付いていた毛布がはらりと落ち、その白い肌を空気に晒した。

「あ」

「————ッ⁉」

それを脳が認識した瞬間、無色の身体は半ば無意識のうちに仰《の》け反り——

そのまま後頭部を強《したた》かに打ち付け、しばしの間昏倒《こんとう》した。

◇

「——瑠璃《るり》いいいいいいいいいいいいいいいっ！」

朝の騒動から、およそ一時間後。

あのあと意識を取り戻したのち、どうにかこうにか身支度を整えた無色は、悲鳴じみた声を上げながら、〈庭園〉の敷地《しきち》内を走っていた。

寮のある南部エリアから、中央学舎へ伸びる大通りである。やや時間こそ早いものの、周囲には生徒たちの姿がちらほらと散見された。叫びを上げながら舗装路を爆走する無色の姿を見て、或《あ》るいは可笑《おか》しそうな、或いは不審そうな視線を向けてくる。

しかし、生徒たちの奇異の目など、今の無色には気にならなかった。もっと正しく言うのなら、気にしている余裕がなかった。縋《すが》るように声を上げながら、目的の人物を求めて

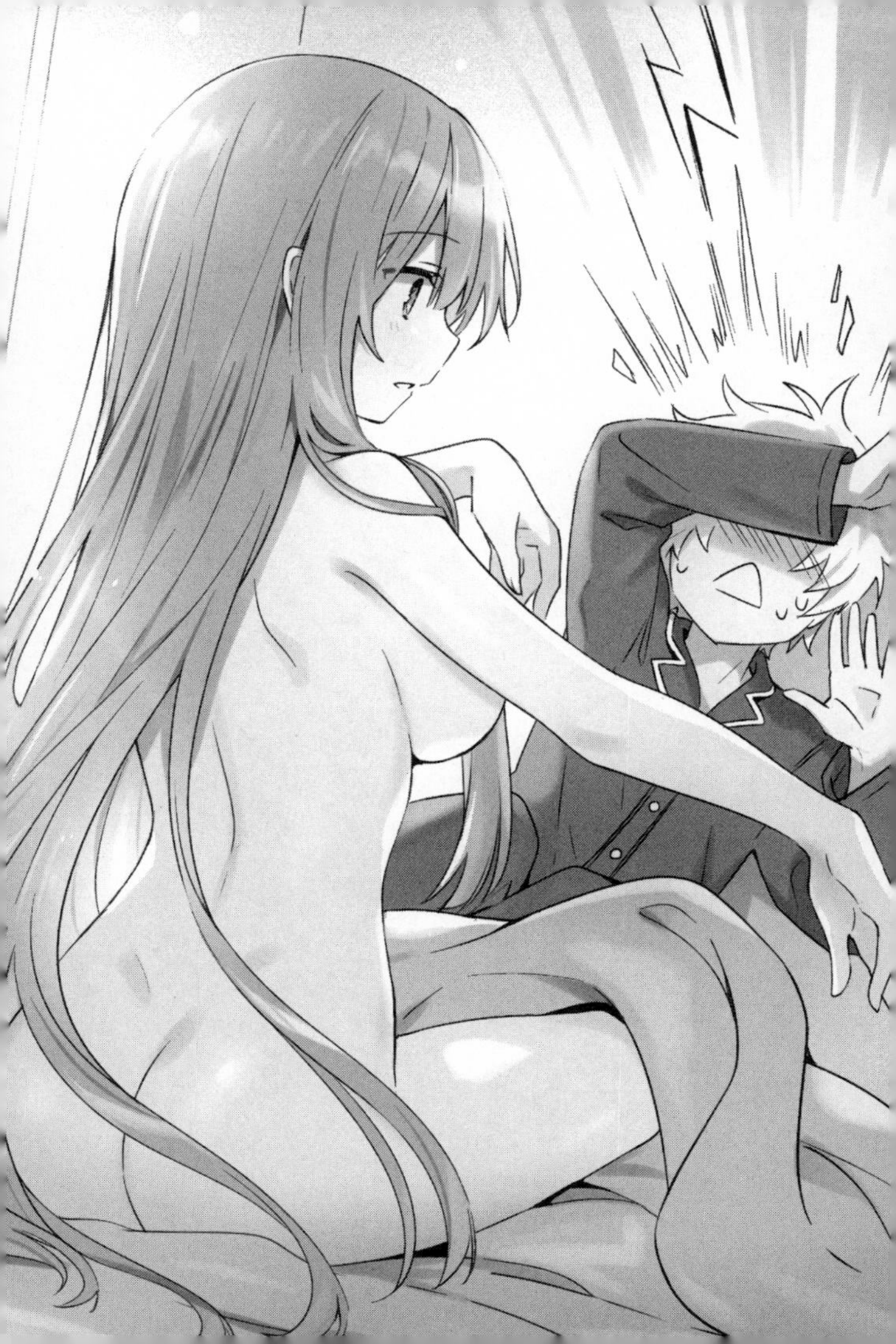

ひた走る。

するると、無色の祈りが通じたかのように、やがて前方に、見覚えのある人影が見えてきた。――言わずと知れた無色の妹・不夜城《ふやじょう》瑠璃である。

「……何朝っぱらから人の名前を叫んでるのよ。恥ずかしいから止《や》めてくれる？」

「瑠璃！」

無色はその姿を認めると、飛びかかるような勢いで瑠璃の元に至り、肩をガッと摑《つか》んだ。

「よかった！　ずっと捜してたんだ！　会いたかったよ瑠璃！」

「な、何よ……」

瑠璃は勢いに圧倒されるような、それでいてどこか嬉《うれ》しそうな様子でそう返してきた。

「もう……一緒に登校したいならしたいって、もっと早く言ってくれればいいのに」

「いや、そうじゃなくて！」

「そうじゃなくてとは何よ」

途端瑠璃が不機嫌そうになる。が、今はそれを丁寧にケアしている余裕もなかった。慌てふためいたまま言葉を続ける。

「ごめん！　でも大変なんだ！　い、一体どうしたらいいか……！」

「……？　何が起こったのよ」

瑠璃が不審そうに眉を歪《ゆが》める。

しかし、無色《むしき》はそれを説明することはしなかった。

理由は単純。次の瞬間、説明の必要がなくなってしまったからである。

「——やあ、瑠璃。おはよう。今日も早いね。感心感心」

そう。無色の後方から彩禍がひょっこりと顔を出し、瑠璃に手を振ったのだ。

もちろん朝起きたときのような格好ではなく、既に〈庭園《ていえん》〉の制服に着替えを済ませている。——念のため部屋に予備の制服を備えていて本当によかったと思う無色だった。

「あ！　魔女様、おはようございます」

瑠璃は彩禍の存在に気づくと、そちらに向き直って丁寧に挨拶を返した。

だが、途中で違和感に気づいたのだろう。不思議そうに無色と彩禍の顔を見てくる。

そして。

「…………ん？」

「——ウワァァァァァァァァァァァッ！　まッ、魔女様だぁぁぁぁッ⁉」

まるで幽霊でも見たかのような調子で、凄《すさ》まじい絶叫を上げた。

とはいえそれも当然だろう。何しろ合体していたはずの無色と彩禍が、二人並んでここにいるというのだから。

そのただならぬ様子に、道行く生徒たちがなんだなんだと視線を向けてくる。

「え、何？　何ごと？」

「不夜城さんだって」

「なんだ不夜城か」

「魔女様が毛先を整えてきたとか？」

「いや、このテンション……いつもと髪飾りが違ったとみた」

が、なんだかすぐに皆納得するような様子を示し、彩禍に一礼だけして登校を再開し始めた。既に恒例行事と化しているかのような調子だった。

まあ、今はあまり耳目を集めたくないため、ありがたい反応ではある。無色は二人を伴って、大通りから外れた木々の陰へと移動していった。

すると、先ほどよりもほんの少しだけ落ち着きを取り戻したらしい瑠璃が、困惑の表情を浮かべながら、再度無色の顔を見つめてくる。

「あ、あんまり驚かせないでちょうだい。……で、何がどうなってるのよ、無色。魔女様と分離できたっていうこと……？」

「いや、俺も何がなんだかわからないんだけど、朝起きたらこうなってて……」

「えっ、そんな再起動したらバグ直ったみたいな感じなの？」

瑠璃が頬に汗を垂らしながら眉根を寄せる。まあ、気持ちはわからなくもなかった。当事者である無色や彩禍でさえ、何が起こったのか理解できていないのだ。瑠璃が困惑するのも当然だろう。

すると彩禍が、申し訳なさそうに頭を振った。

「驚かせてすまないね。本来ならわたしが事情を説明せねばならないのだろうが――どうも記憶が曖昧でね。気づいたらこの状態だったんだ」

「――！　い、いえ、魔女様は何も悪くありません！　理由はどうあれ、元に戻れたならよかったじゃないですか！」

瑠璃が慌てたように返す。

確かに彼女の言うとおりではある。身体の分離は、無色と彩禍の大きな目的であった。しかし、そんな念願が叶《かな》ったというのに、無色は心の底から喜ぶことができずにいたのである。

――一度融合した存在は、生半《なまなか》なことでは分離することができない。

それは、融合を果たしてしまった無色に、彩禍自身が語っていたことだった。

絶対に不可能であるとは言わない。けれどそれは、最強の魔女たる彩禍の知識と力を以《もっ》てしても容易なことではなく、幾つもの条件を満たす必要がある。

だからこそ無色は、彩禍がその準備を整えきるまで、『久遠崎《くおざき》彩禍』として、世界と彼女の身体を護《まも》るために戦うと誓ったのだ。

それが、このような形で、原因さえわからずに達せられるはずが――

「――どうしたんだい無色。せっかく元に戻れたというのに、浮かない顔をしているね」

が。そんな無色の懸念《けねん》と思案は、一瞬にして霧散させられた。

彩禍が悪戯《いたずら》っぽく微笑《ほほえ》みながら、子犬をあやすかのような手つきで、無色のあごを撫《な》でてきたのである。

「あっあっあっあっ」

その甘い感触に、無色は頬を紅潮させながら声を漏らすことしかできなかった。

この数ヶ月、それこそ毎日のように、鏡越しに見つめてきた姿ではある。

けれどこうして対面し、声をかけられ、あまつさえ触れられるというのは、それとはまったく別の刺激だったのである。

ちなみに瑠璃は、目の前でいきなり展開され始めた、憧れの人と兄の耽美《たんび》なやりとりに、顔を真っ赤にしながら「は、はわわ……」と口元を押さえていた。

「確かに気になる点は多いが、今は再会を喜ぶとしようじゃないか。――それとも、こうして顔を合わせるのを心待ちにしていたのはわたしだけかな?」

「そ、そんな……俺も、ずっと待ってました……」

「ふふ、それは光栄だね。君には世話になった。わたしに叶えられることならば、叶えてあげようじゃないか」

「お、俺、は……」

無色は表情をとろんとさせながら、言葉を続けようとした。

だが。


「――朝っぱらから野外で何をされているのですか、無色さん」

そこで後方から響いた声に、沼に沈みかけていた意識を引っ張り出された。

「…………！」

ビクッと肩を震わせ、姿勢を正す。

急に声をかけられて驚いたというだけではない。その声は無色にとって、非常に特別なものだったのである。

慌てて振り向くと、そこには無色の予想通り、黒衣《くろえ》が半眼を作りながら立っていた。

「ち、違うんです黒衣、これは――」

と、そこまで言いかけたところで、無色は言葉を止めた。

弁明の余地がなかったとか、それ以上言葉が出てこなかったというわけではない。

もっと単純な理由。今自分が、明らかにおかしな光景を目にしていることに気づいてしまったのだ。

「――く、黒衣ッ⁉ なんでいるんですか……っ⁉」

無色は目をこれ以上ないほど見開くと、声を裏返らせるような調子で叫びを上げた。

「なんでと申されましても。わたしも〈庭園〉の生徒ですから、登校くらい――」

黒衣はいつも通り淡々とした声でそう言ったが、途中で無色の向かいにいる人物の姿に気づいたのだろう。ピクッと肩を揺らし、黙り込む。

彩禍《さいか》も黒衣に気づいてか「やあ」とにこやかに手を振った。

「黒衣……？ どうかしたの？」

黒衣の様子を見てか、瑠璃が不思議そうに尋ねる。

とはいえそれも当然だろう。瑠璃は黒衣と彩禍が別人だと思っているのだ。

「…………」

しかし黒衣本人はそういかないようだった。無言のままジッと彩禍を見つめると、やがておもむろに両手を上げて、彩禍の頰をペタペタと触り始めた。

「黒衣。くすぐったいよ。黒衣……？」

「…………」

否《いな》。触るとかいうレベルではなかった。だんだんと手に力が入っていき、最終的にはうどん職人のような手つきで彩禍の頰をこね始めた。まるで、アニメにありがちな変装を暴こうとしているかのように。

「ぐむ。むぎゅ……」

「く、黒衣！　何してるんですか！」

「魔女様のほっぺが落ちちゃうわ！」

聞きようによっては、絶品の料理を食べているかのような表現をしながら、瑠璃《るり》が黒衣を止める。

しかし背後から羽交い締めにされたあとも、黒衣は虚空《こくう》をぐにぐにとこね続けていた。

「無色さん、瑠璃さん」

「は、はい」

「何……？」

「今度はなんの遊びです？　彩禍様そっくりの人形を使ってのおままごとですか？」

「何言ってるんですか黒衣、本物です！」

「一体さっきからどうしちゃったのよ⁉」

普段の冷静な黒衣からは考えられない言動に、無色と瑠璃は思わず声を上げた。……よく見ると、表情は変わっていないものの、瞳孔が完全に開いていた。ちょっと怖かった。

とはいえ、彼女の反応も無理からぬことではあった。

そう。今この場には、黒衣と彩禍がいる。

それぞれが独立して行動し、言葉を発している。

しかしその一見当たり前に見える光景は、無色と彩禍が並列に存在すること以上に、異様な光景だったのである。

なぜなら烏丸《からすま》黒衣とは、彩禍の意識が宿った義骸《ぎがい》の名。

つまり今この状況は、彩禍が二人同時に存在しているようなものだったのである。

「…………、ふむ」

数分後。ようやく落ち着きを取り戻したらしい黒衣は、瑠璃の拘束から解放されたのち、彩禍に向かって恭《うやうや》しく礼をした。

「おはようございます、彩禍様。こうして無色さんとお二人揃《そろ》っているところを見るのは初めてですね」

「ああ。おはよう、黒衣。君にもだいぶ苦労をかけたね。ありがとう」

黒衣の挨拶に、彩禍が労《ねぎら》いの言葉を以て応える。

一見何の問題もない光景。実際、黒衣の正体を知らない瑠璃は、黒衣の様子が戻ったことにほっとしているようだった。

けれど、無色《むしき》は先ほどから混乱しっぱなしである。

彩禍が二人向かい合っているというだけで異様な事態であるのに、そのどちらもが、独立した人格として挨拶を交わしている。

やはり夢だろうか。無色は改めて確認すべく、力一杯頬をつねった。しっかり痛かった。

「――それで、無色さん。一体何があったのですか？　融合術式の解除は、そう簡単には成し得ないはずですが」

「え？　あ……はい。実は――」

黒衣に問われ、無色は簡潔に今朝の出来事を説明した。

まあ、説明という表現が適当なのかどうかはわからなかったが。何しろ要約すれば、朝起きたら分離していた。原因はわからない。の二言で済んでしまう話だったのだ。

「……なるほど」

一通り話を聞いた黒衣は、あごに手を当てながら小さく唸《うな》った。

「概要は理解しました。とりあえず授業の前に、騎士エルルカのもとに向かいましょう」

「エルルカ様のところに？」

瑠璃が首を傾《かし》げる。黒衣は「ええ」と首肯して続けた。

「彩禍様と無色さんが分離されたこと自体は喜ばしいですが、融合術式が自然に解けることは有り得ません。気づいていないだけで、何らかの力が加わったのは間違いないでしょう。それがお二人にどのような影響を及ぼすかわからない以上、医療部で身体《からだ》の検査だけでもしておくべきかと。——無論、騎士エルルカは彩禍様たちが融合していたことをご存じないため、適当な理由を考える必要はありますが」

「……確かにその通りね」

瑠璃が渋面を作りながら言う。突然現れた無色と彩禍に驚いて、素早くその思考に至れなかった自分を恥じているような気配が感じられた。

「私も黒衣に賛成です。いかがでしょう、魔女様」

「ああ、うん。今のところ特に身体に異常はないが、君たちがそう言うなら任せよう」

瑠璃の言葉に、彩禍が首肯を以て返す。

すると黒衣がそれに、さらに深いお辞儀で応じた。

「ありがとうございます。——ではその前に、今できる確認を済まさせていただきます」

「確認？」

「はい」

黒衣は短く応えると、無色の方に足を踏み出してきた。

「えっ？」

そして流れるような動きで無色の頭部を摑《つか》むと、そのまま唇を近づけてきた。

「うっ、うわぁぁぁぁぁぁぁぁぁぁぁぁぁぁぁぁぁ――――っ!?」

瑠璃が絶叫を上げ、二人の間に割って入る。

「ちょ……っ、いきなり何しようとしてんのあんた!?」

「何、と申されましても。魔力供給による存在変換に決まっているではありませんか」

黒衣が、当然と言うように続ける。

「彩禍様と無色さんが完全に分離されているかの確認です。何も起こらないならばよし、もしもこれによって無色さんの姿になんらかの変化があるようならば、それはそれで問題解決の糸口になるかもしれません」

「そ……それはそうかもしれないけど！」

瑠璃は大声を上げながらも、黒衣の主張ももっともだと思ったのだろう。苦しげな調子で思い悩むように頭をかきむしった。

そして数秒ののち、覚悟を決めたようにバッと顔を上げる。

「……わ、わかった、私がやるから！」

「わたし以外が処置する場合、術式の付与をせねばなりません。わざわざ瑠璃さんを経由する意味は薄いように思いますが——」

「い、いいの！　こういうのは効率とかじゃないの！」

と、そこで彩禍が、面白がるような顔をしながら声を上げた。

「ふむ。ならば試しにわたしがやってみようか？」

『——それは駄目です！』

するとそれに対し、黒衣、瑠璃、無色の声が見事に重なった。

まあ、発した言葉は同じであっても、

「状態が不明な二人が魔力のやりとりをしたら、何が起こるかわかりません」

という理由で言ったと思われる黒衣と、

「魔女様の唇をそんなに安売りしてはなりません！」

という意味であろう瑠璃と、

「心の準備をさせてください！」

という無色とでは、意味合いがだいぶ異なったけれど。

と——三人の剣幕に、彩禍が可笑《おか》しそうに笑った、そのときであった。

〈庭園《ていえん》〉の各所に設《しつら》えられたスピーカーから、放送が流れ始めたのは。

『──お呼び出しいたします。学園長先生。至急中央司令部にお越しください。エルルカ・フレエラ様がお待ちです。繰り返します──』

「ん……？」

何とも奇妙なタイミングの呼び出しに、無色たちは互いに顔を見合わせた。


「──おお、呼び立ててすまぬの、彩禍」

中央司令部に足を踏み入れた無色たちを出迎えたのは、身軽そうなインナーウェアの上に白衣を纏《まと》うという、なんとも奇妙な格好をした小柄な少女だった。

見たところ歳《とし》は一三、四といったところだったが──その見てくれと彼女の実年齢が合致しないことは、〈庭園〉の人間ならば誰もが知っていた。

エルルカ・フレエラ。〈騎士団〉の一員にして、彩禍に次ぐ古参の魔術師である。

「いや、構わないよ。ちょうどわたしたちも君のところに向かうつもりだった」

「ふむ、何か用でもあったか？」

「少しね。──でも、まずはそちらの用件を聞こうか。一体何があったんだい？」

「ああ――」

彩禍《さいか》が促すように言うと、エルルカは無色たち一行の姿を見回し、やれやれと苦笑した。

「にしても、随分と大所帯じゃな」

言って、小さく肩をすくめる。無色たちは恐縮するように肩をすぼめた。

「あ……すみません。一緒に登校していたところだったので」

「お邪魔でしたら席を外しますが」

「いや、構わぬ。どうせすぐに知れ渡るじゃろう。隠そうとするにはことが大きすぎる」

エルルカが腕組みしながら、細く息を吐く。

その様子に、何やらただならぬ気配を感じ取って、無色たちはごくりと息を吞《の》んだ。

「まあ、見てもらった方が早いじゃろう。――姉上」

エルルカが目線を上にやり、虚空に呼びかける。

『はっあーい！』

するとその呼び声に応えるかのように、司令部の大きなテーブルの上に、一人の少女の姿が浮かび上がった。

長い白銀の髪に、白い肌。驚くほど大きなバストを、法衣《ローブ》のようなデザインの服が覆っている。

「シルベル——姉さん」

無色が言うと、少女は空中で軽やかに身を捻《ひね》り、満足そうに微笑《ほほえ》んできた。

『ぐぅーっど！　よくできましたむっくん。みんなのお姉ちゃん、シルベルです！』

言ってもう一度空中で回転したのち、皆の元へと降り立つ。

〈庭園〉管理ＡＩ『シルベル』。正しくはそれが操作する、対人コミュニケーション用インターフェースの姿である。先の喰良《くらら》事件で被害を受けてからしばらくの間復旧作業が続いていたのだが、先日ようやく復活を遂げたのだ。

〈庭園〉のセキュリティ及び管理を取り仕切る超高性能人工知能ではあるのだが、なぜか『姉』であることがアイデンティティであるらしく、姉さんと呼ばねばまともに応答してさえくれない。それはＡＩとしてどうかと思わなくもない無色だった。

「姉上、例の映像を」

『了解しました、エルちゃん！』

エルルカが言うと、シルベルは大仰な仕草で以《もっ》て両手を掲げた。

すると辺りにキラキラというエフェクトが広がり、テーブルの上に、立体映像を形作っていった。

それは、『外』の景色だった。何やら地面に、クレーターのような跡が広がっている。

「……これは？」

不思議そうに彩禍が問うと、エルルカは映像を見据えながら答えた。

「アメリカの都市部じゃ。位置で言うと、ボルチモアとフィラデルフィアの間あたりかの」

「…………え？」

エルルカの言った言葉の意味がわからず、無色は思わず聞き返してしまった。

だがそれも当然だ。少なくとも、都市という表現で示されるような景色ではない。

しかしエルルカは、そんな反応は予想の範疇《はんちゅう》であるというように、静かな口調で続けた。

「今朝〇四三〇《マルヨンサンマル》時、アメリカ東海岸の都市に謎の魔力反応が感知された。——これは、それを受けて撮影されたものじゃ」

「は……？」

「それって、どういう……」

困惑する無色たちに、エルルカは改めて告げてきた。

「——一つの都市が、一瞬にして消え去ったのじゃ」

第三章　メイドさんが見たかったの？

「温厚かつ寛大な私だが……この世に我慢ならんものが三つだけある」

　魔術師ダグ・ウィローズは、背中を丸めて椅子に腰掛けながら、手遊びでもするかのように、手にした金属製のライターの蓋を開け閉めしていた。

　高級そうなダークカラーのスーツに身を包んだ、三〇代半ばほどの男である。鋭い双眸《そうぼう》とこけた頬が、どこか神経質そうな印象を醸《かも》し出していた。

「……！　……！」

　彼の前方には今、一人の男がいた。手足を椅子に縛り付けられ、口には猿轡《さるぐつわ》が施されている。目には涙が滲《にじ》み、時折何かを訴えるように、椅子をガタガタと揺らしながら、声にならない声を上げていた。

　だがウィローズはそんな彼の訴えに耳を貸す素振りも見せなかった。

　既に聞き取り調査は終わっている。そこで納得のいく回答を出せなかったから、彼はこうしてここにいるのだ。今さら聞くべき言葉などありはしなかった。

「一つはマーガリン・トースト。一つは香水臭い女。そしてもう一つは――」

ウィローズは刃物のような目を一層鋭くすると、かちゃん、とライターの蓋を閉めた。

「子守り一つもろくにできない、ベビーシッター未満の無能な部下だ」

瞬間、彼の手の先に、一画の界紋《かいもん》が現れる。同時、彼の指から細長い糸のような光が伸びたかと思うと、椅子に縛り付けられていた男の身体《からだ》が、ビクンと震えた。

「――――――――ッ‼」

猿轡越しのくぐもった絶叫が、部屋中に響き渡る。身体の動きに合わせて、椅子の脚が激しくリズムを刻み、ガタガタと騒音を撒《ま》き散らした。

ウィローズの第一顕現は、魔力で経路を繋《つな》いだ対象の神経を直接痛めつける。たとえるなら、体内に突然棘《とげ》付きの棒が挿入されたようなものだ。その激痛は筆舌に尽くし難《がた》い。

とはいえ、別にウィローズに彼を殺すつもりはなかった。

彼は確かに考え得る限り最悪の失態を犯したし、ウィローズはこの上なく業腹《ごうはら》である。けれど、ウィローズは魔術師である前に商人であった。如何《いか》に頭に血が上っていようと、損得勘定だけは忘れない。報いは必要だが、感情に任せて部下を殺したところで、一銭の得にもなりはしないのだ。一時の満足のために命を奪うのならば、死ぬ気で働かせた方がまだ幾分実入りがよいというものである。

「…………っ！　――――」

やがて、男ががくりと頭を下げる。どうやら気を失ったようだ。

死よりも辛《つら》く、けれど加減を間違えなければ死ぬことはない。ウィローズは己の術式をこの上なく気に入っていた。

痛みは恐怖を生み、恐怖は首輪となる。組織を御するためには、己を恐怖させることこそが肝要であると、ウィローズは信じていた。

だが――それだけでは駄目だ。それだけでは足りない。ウィローズはゆっくりと顔を上げると、部屋の壁際《かべぎわ》に控えていた部下たちに視線を向けた。

「――『幸運の子』の行方はまだわからないのか？」

「は……ただ今全力を挙げて捜索しております」

答えた部下の声には、微《かす》かな怯《おび》えが見て取れた。

しかしそれも当然だろう。何しろウィローズにとって、そして組織にとって最も重要といっても過言ではない『幸運の子』を、移送中に逃がしてしまったというのだから。

しかも、その追跡に当たった部下までもが、全員消息を絶っているという。

何者かに襲われたのか。神隠しにでも遭ったのか。それとも、部下たちが共謀して『幸運の子』を強奪したのか。いずれにしろ、最悪の状況であることに変わりはなかった。威圧感を強めるように声を低くしながら、部下たちに指示を発する。

「捜せ。人間が消えるなどということはあり得ない。どんな手を使ってでも『幸運の子』を捜し出せ。私の幸運を奪おうとした不届き者も同様に、だ」

『は……はいッ！』

ウィローズの言葉に、居並んだ部下たちが緊張した面持ちで返事をした。

と——そのときである。

突然部屋のドアが開いたかと思うと、慌てた様子で若い部下が転がり込んできた。

「ぼ、ボス！　大変です！」

「何があった」

ウィローズは至極落ち着いた声でそう返した。驚かなかったといえば嘘《うそ》になるが、それを表に出すと、自らの威厳を少しずつ削《そ》ぎ落としてしまうことになると自覚していた。

「『幸運の子』の居場所がわかりました！　ジェフたちを襲ったヤツのことも……！」

「ほう。それは何よりだ。——それで？　『幸運の子』は一体どこにいる？」

ウィローズが尋ねると、部下は一瞬言葉に詰まるような仕草を見せてから続けてきた。

「——〈庭園《ていえん》〉——」

「何？」

「〈空隙《くうげき》の庭園《ていえん》〉です……ッ！　『幸運の子』は、〈庭園〉騎士アンヴィエット・スヴァルナーによって連れ去られた模様……！」

「——」

その言葉に。部屋は、水を打ったように静まりかえった。

ウィローズの手からライターがこぼれ落ち、乾いた音を立てる。

「〈庭園〉……だと？」

魔術師養成機関〈空隙の庭園〉。ウィローズたちはぐれ魔術師をアウトローとするならば、いわば正規の軍隊に位置する武闘派集団である。『騎士』とは、その中でも最上位の魔術師であることを示していた。

そして何よりも、〈庭園〉がこの件に噛《か》んでいるとなれば、まず間違いなく『あの女』も関わってくるだろう。

〈空隙の庭園〉学園長。世界最強の魔術師。極彩の魔女・久遠崎彩禍《くおざきさいか》が——

「…………っ——」

その名を自覚すると同時、喉の奥から掠《かす》れたような息が漏れた。

それに合わせるように、部下たちの間にもどよめきが広がっていく。

よくない流れだ。ウィローズは心を落ち着けるように深く呼吸をすると、部下たちの注意を引きつけるように大きく咳払《せきばら》いをした。部下たちが小さく肩を揺らし、姿勢を正す。

相手は〈庭園〉。本音を言えば関わり合いになりたくない相手だ。

しかし、相手が誰であろうと、怖じ気《おけ》づく様などを部下に見せるわけにはいかなかったし、何より今、『幸運の子』を失うわけにはいかなかった。

ウィローズは目を伏せながら思案を巡らせ、やがて、ぽつりとその名を零《こぼ》した。

「――朱殷《シュアン》に連絡を取れ」

「……！　朱殷に……ですか？」

ウィローズの言葉に、部下が目を見開きながら返してくる。

しかしそれも当然だろう。ウィローズが発したのは、はぐれ魔術師の中でも悪名高い『仕事屋』の名だったのである。

「そうだ。やり方は問わん。『幸運の子』を無事連れ戻したなら、報酬は言い値で払うと伝えろ」

「し、しかし奴《やつ》は――」

「私に二度同じことを言わせるつもりか？」

ウィローズが鋭い視線を向けながら言うと、部下は「い、いえ……」と消え入りそうな声で返したのち、部屋を出ていった。

◇

「――状況を整理しましょう」

〈庭園〉中央学舎の最上階に位置する学園長室で、黒衣《くろえ》が静かに言った。

今部屋にいるのは、無色《むしき》と彩禍、そして黒衣の三人のみである。無色と彩禍が向かい合うような格好で応接スペースのソファに座り、黒衣がその側《そば》に立っている。

先ほどエルルカに呼び出されてから、すでに数刻が経過していた。生徒たちは今授業の真っ最中のはずである。

が、状況が状況だけに、無色たちは本日の授業を欠席していた。

無論、日々の授業の積み重ねが大事であることは、無色も重々承知している。けれど今は、一刻も早く確かめておかねばならないことが多すぎたのである。

ちなみに、瑠璃《るり》だけは今、教室で授業を受けているはずだった。彩禍、黒衣、無色の話の中には、瑠璃に聞かせられないものが多かったためだ。……無色たちがいないことに気づいた瑠璃が今どんな顔で授業を受けているかを考えると、背筋が冷たくなる無色だった。

「朝起きてみたら、隣に彩禍様がいた。――間違いありませんね、無色さん」

「は、はい」

無色が答えると、黒衣は彩禍の方に視線をやった。

「彩禍様も。相違ありませんか？」

「ああ。目が覚めたときには、無色の部屋のベッドで横になっていた。眠っていたときに何があったかは、申し訳ないが記憶にないな」

「なるほど」

黒衣はあごに手を当てると、考えを巡らせるように黙り込んだ。どうやら彼女の知識を以《もっ》てしても、すぐには原因を特定できないらしい。

数秒の間、学園長室に沈黙が流れる。無色は微かな緊張を覚えながらも、何となく間が持たなくなって、ゆっくりと視線を巡らせた。

「おや」

するとそこで、彩禍と目が合う。彼女は悪戯《いたずら》っぽく微笑《ほほえ》むと、ウインクをしてきた。

「────」

どくん、と心臓が跳ねる。

無色は半ば無意識のうちに席を立ち、彩禍の前に跪《ひざまず》いていた。

「あ、あああああの、彩禍さん」

「なんだい？　改まって」

「ど、どうか俺と――」

「そこまでです」

と、無色が言いかけたところで、きゅっと首根っこが押さえられた。

「ぐえっ」

不意の衝撃に、喉から情けない声が漏れてしまう。無色は眉を八の字にしながら、黒衣の方を向いた。

「何するんですか、黒衣……」

「それはこちらの台詞《せりふ》です。一体何をされるつもりだったのですか？」

「それはもちろん……約束を果たそうかと」

無色は、首を摘まれた猫のような格好のまま言った。

そう。融合術式によって合体してしまったあと、無色は彩禍に、一つのお願いをしていたのである。

――もしも身体の分離に成功し、二人がそれぞれ元の身体を取り戻したなら、そのときは、彩禍にプロポーズをする権利をくれ、と。

そして彩禍は、不敵に微笑みながらそれを承諾した。

その瞬間から、それこそが無色の最大の目標となっていたのだった。

「…………」

黒衣は、予想通りというようにため息を吐《つ》くと、やれやれといった様子で続けた。

「もちろんその約束は覚えていますし、この状況は一応、条件を満たしていると言えないこともありません。ですが、分離の原因もわかっていない上に、今は対応せねばならない事件も起きています。先に済まさねばならないことがあるのではありませんか？」

「……っ！」

言われて、無色は息を詰まらせた。

彼女の言うとおりである。約束は、あくまでプロポーズの権利をもらえるというものであって、それを承諾してもらえるかどうかはまた別の話である。彩禍の気持ちも考えずに突っ走るだけでは意味がなかった。

「そうですね。黒衣の言うとおりです。配慮が足りませんでした……」

「わかっていただけましたか」

「はい。指輪の一つも用意せずにプロポーズなんて、彩禍さんに失礼ですよね……」

「わかっていただけませんでしたか」

黒衣は、ふぅ、と細く息を吐いた。

「無色さん」

「はい。なんでしょ――」

黒衣は短く言うと、無色のあごをクイと持ち上げ、そのままキスをしてきた。

「…………!?」

その動作が驚くほど自然だったものだから、無色は唇に柔らかい感触を覚えてから初めてハッと息を詰まらせ、目を見開いてしまった。

視界の端に、彩禍の姿が見える。彩禍は無色と黒衣のキスを、興味深げに「おー……」と眺めていた。まあ、彼女からしてみれば、自分と無色のキスを第三者的な立場から見つめているようなものだ。世にも不思議な光景に違いないだろう。

とはいえ不思議な感覚というのならば、無色も負けていない。憧れの人に見つめられながらのキスという、背徳的な体験。しかしキスをしているのもその当人だ。頭の中で困惑と狼狽《ろうばい》と快感がない交ぜになり、もう何が何だかよくわからなくなる。

「……ふむ」

が、それはやがて終わりを告げた。黒衣が、小さく唸《うな》りながら唇を離したのである。

「にゃ、にゃにを……」

回りきっていない呂律《ろれつ》で無色が言うと、黒衣は淡々と答えてきた。

「無論、魔力の供給です。存在変換が起こらないということは、お二人の身体《からだ》は分離しているとみて間違いないようですね。……まあ、もう一つ付け加えるとするなら――」

言って黒衣が、すっと目を細める。

「約束の条件を満たしているとして、わたしとわたし、君はどちらにプロポーズするつもりなのかと思ってね?」

次いで発されたその言葉は、烏丸《からすま》黒衣のものではなく、久遠崎彩禍のものだった。

「……っ、――」

その言葉に、無色は思わず息を詰まらせた。

確かにその通りだ。自分とは別に存在する彩禍の姿を見て、思考力が低下してしまっていたが、この場には二人の久遠崎彩禍が並列に存在していたのである。

「――なんとも、不可思議な状況だ」

そう言ったのは彩禍だった。難しげに腕組みをしながら、続ける。

「考えられる可能性としては、無色と私が分離した際に、義骸《ぎがい》に宿っていた私の意識が二つに分かれた――というところか。あまり自覚はないけれどね」

「ああ。もしくは、分離した身体、あるいはこの烏丸黒衣の義骸に、新たな自我が芽生えた、という可能性もある」

「そうだね。もちろんわたしは久遠崎彩禍のつもりだが、世界五分前仮説のように『久遠崎彩禍《さいか》としての記憶を有した状態』で生まれたのなら、自分が贋物《にせもの》でないことを証明することは極めて困難だ」

「こちらも条件は同じさ。自分が本物であることを主張する根拠は、己の記憶以外にない」

と、そこで、彩禍と黒衣が、同時に無色に視線を寄越してくる。

「──無色。君の意見も聞きたい」

「君は、この状況をどう思う？」

「どう、って──」

問われて、無色は彩禍と黒衣を見返した。

そこにいるのは、久遠崎《くおざき》彩禍と久遠崎彩禍。一人でも素敵な彩禍が、なんと二人もいるのである。二人の問いは、改めてその奇跡を強く無色に意識させた。

「お、俺は……どちらの彩禍さんも、等しく愛してみせます……っ！」

『………』

彩禍と黒衣は、無色の言葉にしばし無言になったのち、同時に小さく吹き出した。

「やれやれ。相変わらずだな、君は」

「こうも平常運転だと、かえって安心してしまうよ」

二人はやれやれといった様子で肩をすくめると、再び視線を交じらせた。

「まあ、その件に関しては、現状手がかりが少なすぎる」

「エルルカの検査の結果を待って、また話をするとしよう」

「――今は、アメリカの都市消失の件だね」

「ああ」

二人がそう言った瞬間、少し緩みかけていた空気が、再びピンと張り詰めた。

エルルカが報告してきた異常事態――都市の消失。この謎の現象に、今『外』のメディアは大わらわであった。テレビでもSNSでも、様々な憶測が飛び交っている。曰《いわ》く、地殻変動による地割れ。曰く、大国の実験兵器の暴走。曰く、宇宙人の侵略――

とはいえそれも無理のないことだろう。『外』の人間が、このような異常事態を目にするのは極めて稀《まれ》だったのである。……まあ、正確に言うならば、今まで幾度も起きていた異常事態を、誰も覚えていないといった方が適当だったかもしれないけれど。

「やっぱり、滅亡因子――ですよね？」

無色が神妙な面持ちで言うと、彩禍と黒衣は同時にうなずいてきた。

「それは間違いない。滅亡因子とは、『世界を滅ぼしうる存在』の総称。何も怪物のみを示す言葉ではないからね」

「そう。如何《いか》な現象であれ、これほどの影響を及ぼしているのであれば、滅亡因子に認定されない道理はない。実際、世界の『システム』によって、可逆討滅期間は示されている」

「可逆討滅期間――」

無色《むしき》は、反芻《はんすう》するようにその言葉を繰り返した。

黒衣《くろえ》が小さくうなずき、言葉を補うように続けてくる。

「重大な異常が起こったとき、世界はその寸前の状態を保存する。そして一定期間以内にその異常の原因を取り除けたならば、その期間内に起こった被害は『なかったこと』になる。――それが、わたしの〈世界〉の権能だ。

それが発動した以上、滅亡因子に値する『何か』が現れたのは間違いない。だが――」

「――それが何かが、まだわからない」

無色が言うと、二人は目を伏せながら首肯した。

そう。それが今回の事件の不可思議なところだった。通常、あれだけの規模の災害が起これば、それを引き起こした滅亡因子はすぐに特定されるはずなのである。

だが、今回は、それがない。

都市を消し去っただけの『何か』が、影も形も見当たらなかったのである。

「可逆討滅期間は二四〇時間。つまり約一〇日のうちに、この異常の原因となった滅亡因子を見つけ出し、討滅しなければ、あの光景は『結果』として世界に刻まれてしまう」

「それだけは絶対に避けねばならない。わかるね？」

「……はい」

「今〈庭園《ていえん》〉の調査チームが原因を調べているところだ。判明し次第、報告が入る。場合によっては大規模作戦となる可能性もある。準備は怠らないように——」

と、彩禍が言いかけたところで、〈庭園〉の敷地《しきち》中に響き渡るかのように、チャイムの音が鳴り響いた。どうやら、授業が終わったらしい。

するとほどなくして、何やら地鳴りのような足音が、廊下から迫ってきた。

足音の主は、学園長室の扉の前でキキッとブレーキをかけると（勢い余って通り過ぎてしまったのだろう。数歩戻る音も聞こえてきた）、扉をコンコンとノックしてきた。

「あっ」

無色は小さく声を漏らした。

その音の調子だけで、来訪者の正体が何となくわかってしまったのである。

「どうぞ」

黒衣が短く答えると、ゆっくりと扉が開かれていった。

「——むぅぅぅぅしぃぃぃぃぃぃきぃぃぃぃぃ——」

そして、開いた扉の隙間から、底冷えのするような声を響かせながら、予想通りの人物——瑠璃《るり》が顔を覗《のぞ》かせた。

「よぉぉぉくも私を置いてけぼりにしてくれたわねぇぇぇぇぇ——」

「る、瑠璃……違うんだ、これは……」

怨嗟《えんさ》と怒気に彩《いろど》られた視線を向けられ、無色は浮気《うわき》現場を押さえられた男のような調子で声を震わせた。

と、無色がしどろもどろになっていると、彩禍が苦笑しながらふうと息を吐いた。

「待っていたよ、瑠璃。さ、そんなところに立っていないで、ここに座るといい」

そしてそう言って、ぽんぽん、と自分の隣の席を示す。

「……ふぇっ⁉」

すると瑠璃は目を丸くし、声を裏返らせた。

一瞬にして、彼女の身体の周りに立ち上っていた憤怒《ふんぬ》のオーラが掻《か》き消《き》える。

「で、ですが……そんな、恐れ多い……」

「おや、嫌かな？　なら無理にとは言わないが……」

「い、いえ！　決してそのようなことは！　こ、光栄です……」

瑠璃が頬を赤らめながら肩を窄《すぼ》め、小刻みに身体を震わせ始める。さすがは彩禍。先ほどまでの瑠璃とはまったく別人だった。

「さて、ではお茶でも淹《い》れようか。黒衣、お願いできるかな」

「はい」

黒衣が綺麗《きれい》な礼をして、準備に取りかかる。さすがというべきか、その口調や所作は、一瞬にして侍従・烏丸黒衣のものに戻っていた。

すると次いで彩禍は、無色の方に視線を寄越してきた。

「――無色。せっかくだし、休憩室からお茶菓子を持ってきてくれないかな?」

言いながら、パチリとウインクをしてくる。

「……！　は、はい！」

その視線から彩禍の意図を察した無色は、姿勢を正しながら返事をした。

茶菓子程度ならば、学園長室にも備えがある。それをあえて頼むということは、落ち着いて話をするために、瑠璃をクールダウンさせようとしているのだろう。

無色は心中で彩禍に礼を言いながら、学園長室をあとにした。

「――さあ、瑠璃。こちらへおいで」

「は……はいっ！」

無色が学園長室を出たあと、彩禍に手招きされ、瑠璃はゼンマイ仕掛《じか》けの人形のような挙動でそちらへと歩いていった。

「し、失礼します」

そして上擦った声を漏らしながら、示された場所へと腰を下ろす。

が、せっかくソファに座ったというのに、瑠璃の身体《からだ》はガチガチに緊張したままだった。背筋はピンと伸ばされ、身体は小刻みに震えている。なんならちょっと尻は浮いていた。

そんな様子を見てか、彩禍が苦笑を浮かべてくる。

「そう固くならないでくれ。こちらも緊張してしまうよ」

「も、申し訳ありません……！」

と、謝ったものの、だからといって身体がリラックスしてくれるわけでもなかった。彩禍が微《かす》かに身体を動かすたび、フローラルな香りが漂ってきて、それがさらに瑠璃の脳髄を揺さぶってくるのだった。

彩禍はそんな瑠璃にもう一度苦笑すると、静かな調子で続けてきた。

「――すまなかったね。無色に授業を抜けて来るよう言ったのはわたしなんだ。少し確認しておきたいことがあってね。あまり彼を責めないであげてくれ」

「は……、それは……」

瑠璃は言いかけて、細く息を吐いた。

「……わかっています。私も魔術師です。魔女様に複雑な事情があることは承知していますし、無色に悪意があったとも思っていません。ただ、なんと言いますか、その――」

瑠璃は、心に蟠《わだかま》るモヤモヤを上手《うま》く言語化できず、指を戦慄《わなな》かせるように動かした。

すると彩禍が、女神のような笑みを浮かべながら、優しく瑠璃の頭を撫《な》でてきた。

「……！　ま、魔女様……」

「瑠璃は、無色のことが大好きなんだね」

「――――」

全てを見透かすような目に見つめられながら言われ、瑠璃は思わず息を詰まらせた。

「……はい」

その一言を発したあとは、嘘《うそ》のようにすんなりと言葉がこぼれ落ちた。

「そうです。そうなんです。……〈方舟《はこぶね》〉のときに吹っ切れたつもりだったのに。兄様を前にするとどうしても上手く言葉にできなくて」

瑠璃は、小さなため息とともに、続けた。

「――もっと、素直になれたらいいのに」

瑠璃がそう言った瞬間。

かちゃり、と音が鳴った。

驚いて前方を見やると、そこに黒衣の姿があることがわかる。どうやらテーブルの上にティーカップを並べていたようだ。恐らくその際手が滑ってしまったのだろう。

が、それよりも気になったのは、彼女の表情であった。何か不審な音でも感じ取ったかのように、注意深く辺りを見回していたのである。

「黒衣？　どうかした……？」

「…………、いえ。気のせいかもしれません。失礼しました」

言って、黒衣が礼をし、お茶の準備を再開する。

瑠璃はしばしの間目をぱちくりさせていたが、髪を優しく撫でる手の感触に、再び意識を持っていかれた。

「――大丈夫。その気持ちは、無色にも伝わっているはずさ。少しずつ、自分なりに表現できるようになるといいね」

「はい……」

憧れの人からの優しい言葉に、瑠璃は感極まるように身震いした。

「今日からもう頭洗いません……」

「それはちゃんと洗った方がいいね」

瑠璃が言うと、彩禍《さいか》は笑顔のまま返してきた。

◇

翌朝。男子寮の部屋で目を覚ました無色は、鏡の前で全身をチェックし、異常がないことを確認したのち、スマートフォンにその記録を残した。

無色と彩禍の身体が分離した原因は、未《いま》だわかっていない。何か異常が起こる可能性もあったため、毎朝身体の外観と体調を確認しろと黒衣に言い含められていたのである。

記録を終え、ふと昨日のことを思い起こす。

——結局あのあと、無色が茶菓子を持って学園長室に戻る頃には、瑠璃の機嫌は完全に直っていた。彩禍のさすが過ぎる手際に、思わず感動してしまった無色だった。

その後、瑠璃を交えて再度謎の滅亡因子の話をし、その場は解散となった。

大変な状況ではあるが、原因がわからなければ対処のしようがない。調査班の報告を待つ間、普段通りの生活と研鑽《けんさん》を行うのもまた、魔術師としての強さであるとのことだった。

果たして、無色は普段通り男子寮で朝を迎えた。

いつも通り支度を整え、寮生と挨拶を交わし、中央学舎に向かうため寮を出る。

「ん……」

外に出た瞬間、眩《まぶ》しい日差しが無色《むしき》を照らした。

軽く目を細めながら、通い慣れた道を歩いていく。

――思えば、不思議な感覚ではあった。

〈庭園〉にやってきたとき、無色は既に彩禍と融合した状態だった。こうして純粋な一人の『玖珂《くが》無色』として登校するのは、実は初めての経験だったのである。

そしてそれは、同時にもう一つの事柄を示してもいた。

「――おや。おはよう、無色」

「…………！」

大通りに出たところでかけられた声に、無色はハッと息を詰まらせた。

声の方向を見やると、そこに、予想通り彩禍の姿があることがわかる。

「彩禍さん――」

身体が分離している以上、必然の光景だ。しかし、『学生服姿の彩禍と一緒に登校する』というシチュエーションが、無色の脳に与えたインパクトは予想を遥《はる》かに上回った。

その姿を目にした瞬間、思わずその場に跪《ひざまず》きそうになってしまう。

「そこまでです」

が、その寸前で、黒衣《くろえ》からストップがかけられた。

当然といえば当然ではあったが、彩禍は一人ではなかったのである。

「今また彩禍様に求婚しようとしていませんでしたか？」

「い、いいえ。そんな。それは黒衣から止められてましたし……」

「本当ですか？」

「はい。ちょっと指のサイズを聞こうとしてしまっただけです」

「着々と下準備を進めようとしているではないですか」

黒衣が半眼で言うと、その少し後ろから瑠璃と、そのルームメートである嘆川《なげかわ》緋純《ひずみ》が歩いてきた。

「あ、おはようございます、魔女様。玖珂くんと烏丸《からすま》さんも」

「…………」

緋純がにこやかに挨拶してくる。無色たちは小さく手を上げてそれに応じた。

が、瑠璃はなぜか、一言も発することなく無色を見つめるのみだった。

そしてそのまま、ゆっくりとした足取りで近づいてくる。

「瑠璃……？」

瑠璃《るり》の不思議な行動に首を捻《ひね》っていると、瑠璃は肉食動物が獲物の匂いを確かめるような調子で、無色の顔を矯《た》めつ眇《すが》めつ見つめてきた。そして――

「今日もカワイイ顔してるわね兄様。誘ってんのか？　食べちゃうぞガオー」

「……へっ？」

突然瑠璃が真顔で言った言葉に、無色は素っ頓狂な声を発した。

無色だけではない。緋純も、彩禍も、黒衣までもが、驚いたように瑠璃の方を見ている。

しかし瑠璃は、視線の意味がわからないといった様子で、怪訝《けげん》そうに眉根を寄せた。

「……どうしたの？　顔に何かついてる？」

「いや、ついてはないけど……瑠璃ちゃん、今なんて？」

緋純が頬に汗を垂らしながら問うと、瑠璃は不思議そうに首を捻った。

「何って……私の敬愛する兄様に挨拶しただけだけど。――あっ、スキンシップが足りないって意味？　確かにそれはあるかもしれない。さすがよ緋純。あなたはいつでも私をクールにさせてくれるわ……」

言いながら、瑠璃が無色に引っ付いてくる。そしてそのまま、頬ずりをしたり、頭を擦《こす》りつけたり、服に顔を埋《うず》めて深呼吸をしたりし始めた。クールどころか情熱的だった。

「る、瑠璃……!?　ちょ……何を……！」

「うおおおおおおおおぉぉぉぉぉっ！　兄様兄様兄様兄様兄様兄様兄様兄様兄様アアアアア――――――――ッ！」

「瑠璃ちゃん⁉　お、落ち着いて――」

瑠璃が興奮した様子で、無色のことをもみくちゃにしてくる。なんだろうか、目の粗い紙やすりをかけられる木材の気分だった。

と――そのときである。

『――お呼び出し申し上げます。学園長先生、及び騎士の皆様。至急中央司令部にお越しください。繰り返します――』

「…………！」

あたかも昨朝を再現するかのように、〈庭園《ていえん》〉内に呼び出しの放送が鳴り響いたのは。

「……あァ？」

彩禍に付き添って司令部を訪れた無色を出迎えたのは、アンヴィエットの怪訝そうな視線だった。

まあ、とはいえそれも仕方あるまい。何しろ今無色は、瑠璃をマントのように身につけ

ていたのだから。

何とも奇妙な表現ではあるが、他に言いようがない。瑠璃は今、無色の肩に両手を回し、首筋の匂いをくんかくんかと嗅ぎながら、時折陶酔したような声を漏らしていたのである。

ちなみに両足はだらんと力なく垂らされ、先ほどから地面をざりざりと擦っている。もしもここが砂地だったなら、無色の後方には見事な電車道が描かれていたことだろう。

「何やってやがんだ不夜城《ふやじょう》……ついに脳に来たか？」

「失礼な。あなたの口は相手を誹謗《ひぼう》するためについているのですか？」

アンヴィエットが汗を滲《にじ》ませながら言うと、瑠璃がキリッとした口調で返した。が、体勢はそのままだったのでギャップが凄《すご》かった。

ちなみに、放送に従い司令部にやってきたのは、彩禍、黒衣、無色、瑠璃の四人のみである。緋純はさすがに会議の邪魔はできないと言って、普通に教室へと向かっていた。

まあ、それを言えば無色も同じ立場ではあるのだが、彩禍と分離した理由がはっきりしない以上、再融合のリスクも考えておくべきだということで、黒衣の指示で付き添わされていたのである。……というかそれ以前に、どんなに引っ張っても瑠璃が無色から離れようとしなかったので、瑠璃の付属品というか、止まり木として同行したという側面も強かったけれど。

「……ていうかそれ以前に、緊急招集に部外者連れてくんじゃねェよ」

アンヴィエットが、無色の方を見ながら言ってくる。

するとその隣に立っていたエルルカが、半眼を作りながら肩をすくめた。

「ぬしも似たようなものじゃろう」

「ぐ……」

言われて、アンヴィエットが低いうなり声を上げる。

だがそれも無理からぬことではあった。何しろアンヴィエットの背中には今、無色に引っ付く瑠璃よろしく、スーリヤががっしりとしがみついていたのだから。

「仕方ねェだろうが！　待ってろっつってんのに離れねェんだよ！」

「おとうさんがスーと一緒にいたいって言うから……」

「だから言ってねェっつってんだろ！」

「まったく、サンバガエルが二匹も揃《そろ》うとはの」

エルルカがやれやれといった調子で息を吐く。

すると、部屋の隅に隠れるように立っていた女性が、それに反応を示すように、ぼそぼそとした声を上げてきた。

「……サンバガエル……。ふぇひひ……なんだそれ。たのしそ……」

言って、微《かす》かに肩を揺らしながら笑う。あまりに声が小さかったものだから、注意していなければ聞き逃してしまいそうだった。

とはいえ、彼女自身の姿が目立っていなかったかと言えば、そんなこともない。

地に触れそうなほどの長さを誇る銀髪に、長身。肌の露出を嫌うかのように、全身を黒のドレスでぴっちりと覆っているのだが、その暴力的なサイズを誇るバストの迫力はまったく隠しきれていなかった。

それだけではない。鬱蒼《うっそう》とした前髪と眼鏡に覆われてはいるものの、その奥に鎮座する気品に満ちた貌《かお》は、シルベルと瓜二《うりふた》つだった。

騎士ヒルデガルド・シルベル。〈庭園〉管理AI・シルベルの生みの親にして、そのインターフェースビジュアルのモデルである。彼女も召集に応じていたのだろう。

と、そんなヒルデガルドに、エルルカが腕組みしながら視線をやった。

「──産婆蛙《がえる》。卵を背負って育てるカエルのことじゃ。別にリズムに合わせて陽気に踊るカエルではないぞ」

「えっ、あ……、……う、うぅ……」

言われて、ヒルデガルドはしどろもどろになった。色素の薄い頬を紅潮させながら、丸まっていた背をさらに丸める。

まあ、勘違いを看破されてしまったというよりも、独り言のつもりでぽつりと零《こぼ》した言葉が聞かれてしまっていたことに対する恥じ入りの方が大きいようにも見えたけれど。

「まあよい。話を始めるぞヒルデ。もっとこちらへ来い」

「え……っ、や、わ、私はここでいいよ……」

「いいから、来い」

「ひぅん……」

有無を言わさぬ調子で言われ、ヒルデガルドが観念したようにのそのそと歩み寄ってくる。が、皆の視線が居心地悪かったのか、彩禍《さいか》の背後にしがみつくように身を隠した。三匹目のサンバガエルが爆誕してしまった。

「やあ、おはようヒルデ」

「おはよう彩禍ちゃん……今日もいい匂いだね……」

彩禍の挨拶に、ヒルデガルドがぎこちない笑みを浮かべながら返す。別に本人にそんなつもりはなかったろうが、言動と表情はほとんど変質者だった。

人見知りのヒルデガルドではあるが、その分、一度友好的と認識した相手に対しては気安いらしかった。無色たちの方にも、目こそ合わせないものの、挨拶をしてくる。

「瑠璃ちゃんと無色くんも……。あ……黒衣ちゃん、今日はメイド服じゃないんだね」

黒衣の装《よそお》いを見てか、ヒルデガルドが少し残念そうに言う。

黒衣は今、〈庭園〉の女子制服を身につけていた。肩章《ストラップ》の先のリアライズ・デバイスや靴下など、細かな違いこそあるものの、彩禍や瑠璃と同様の服装である。

「わたしも一応、〈庭園〉の生徒ですので。授業を受ける際は当然制服を着用します」

「そ、そっか……」

黒衣が言うと、ヒルデガルドはなぜかしょんぼりするように肩を窄《すぼ》ませた。

「……？　ヒルデさん、メイド服好きなんですか？」

なんとはなしに無色《むしき》が問うと、ヒルデガルドは視線を逸《そ》らしながら答えてきた。

「……いや、別にそんな、好きとかではないけど……。作業着のはずなのにフリフリで可愛《かわい》くて、機能美と様式美の絶妙な交点にあることは否定できないっていうか……見てるだけでワクワクドキドキするっていうか……コスプレチックなのも好きだけど、やっぱりモノトーンのクラシックスタイルが至高っていうか……〈庭園〉の女子制服がメイド服だったらいいのにって思うくらいだけど……」

「めちゃくちゃ好きじゃないですか」

突然の熱弁に、無色は思わず苦笑してしまった。

と、そこで気づく。黒衣が眉根を寄せながら目を細めていることに。

「黒衣《くろえ》？　別にそんな顔しなくても……」

「いえ、そうではなく」

「え？」

無色が目を瞬《しばたた》かせると、黒衣はやがて頭を振った。

「……いえ。なんでもありません」

「そ、そうですか……」

無色が不思議そうに首を傾《かし》げながら言うと、エルルカがコホンと咳払《せきばら》いをしてきた。

「そろそろ話を始めてもよいかの」

「あ」

「すみません。どうぞ」

エルルカはやれやれと息を吐いてから、彩禍に声をかけた。

「連日呼びだてしてすまぬの、彩禍」

「構わないさ。それより、昨日の今日でどうしたんだい？　今日は騎士まで集めて」

「――もしや、昨日の消失現象の原因がわかったのですか？」

彩禍の言葉を継ぐように言ったのは黒衣だった。

その言葉に、思わず息を呑《の》む。瑠璃もそれに反応を示すように、無色の首筋に顔を埋めたまま、すぅぅぅっ、はぁぁぁぁ――と深呼吸をした。首筋がじわりと温かくなった。

「いや、残念ながらそうではない。――姉上」

『はぁーいっ！』

エルルカの要請に応えるように、そんな声が響いたかと思うと、テーブルの上にＡＩシルベルの姿が現れた。

ちなみに当のヒルデガルドは、自分と同じ顔をしたＡＩの登場に、あからさまに渋い顔を作っていた。なんでも、ＡＩシルベルを作ったのは紛れもなくヒルデガルドだが、インターフェースモデルはＡＩの手によって勝手に作られていたらしい。

『というわけで、可愛いブラザーズ＆シスターズのために、今日も参じましたシルベルです。おおっと、今日はアンヴィくんに、噂《うわさ》のスーちゃんもいますね。――あ、ヒルデガルドさんもいたんですか……どうも……』

急に事務的な口調になって、シルベルが頭を下げる。ヒルデガルドが眉根を寄せながらわしわしと髪をかいた。

「やっぱ私にだけ塩対応だしぃぃ……！」

『冗談ですよ冗談。たとえ私の創造主であっても、妹には違いありません。一人っ子だったヒルデちゃんはお姉ちゃんが欲しくてＡＩ技術を勉強したんですものね？』

「なんか過去を捏造《ねつぞう》されてる……」

ヒルデガルドが額に汗を滲ませながら言うも、シルベルは聞いていないようだった。空中で軽やかに身を捻《ひね》り、皆に向かって手を広げてみせる。

『さて、小粋な姉トークはこの辺にして、本題に入りましょう。こちらをご覧ください』

シルベルが言うと、それに合わせるようにして、空中に立体映像が展開された。

「これは――」

それを見て、思わず眉をひそめる。

そこに映し出されたのは、海外の都市と思《おぼ》しき風景だったのだが、その一部が、昨日の映像のように、綺麗《きれい》に消失していたのである。

「昨日の場所……とは、違うようだね」

「うむ。今日未明、オーストラリア南部で消失現象が観測された。昨日のものよりもだいぶ小規模ではあるが、同様の現象と見て間違いないじゃろう。他の養成機関からも問い合わせが相次いでおるが……現状滅亡因子らしきものの姿は確認できておらぬ」

「……なるほど」

彩禍が難しげな顔をして、唸《うな》るように言う。エルルカは神妙な面持ちで続けた。

「もとより事態を軽く見ていたつもりはないが、ここまで手がかりがないと動きようがない。二度似たような現象が続いたということは、明日以降も何かが起こる可能性がある。しばらくは警戒レベルを上げさせてもらうぞ」

「……皮肉なものですね。原因特定のためとはいえ、滅亡因子災害が起こるのを待つことになるとは」

エルルカの言葉に返したのは黒衣だった。表情は普段と変わらなかったが、その声に、微かにではあるが悔しさのようなものが滲《にじ》んでいるような気がした。

「仕方あるまい。『なかったこと』になるのだからよいなどと言うつもりはないが、打ちうる手は限られているのが現状じゃ」

「ええ、理解しています。差し出がましいことを言って申し訳ありません」

「いや、構わぬ。わしも気持ちはぬしと同じじゃ」

エルルカは頭を振りながら言うと、顔を上げた。

「――報告は以上じゃ。何が起こるかわからぬ。各々《おのおの》留意せよ」

「……はい」

その言葉に、無色はただうなずくしかなかった。

彩禍や、他の騎士たちも、反応は似たようなものであった。世界の危機に対しすぐに動くことができない歯がゆさを覚えながらも、来るべきそのときに備えて冷静に牙を研がねばならぬという静かな意思が、表情や動作の端々から滲んでいた。

「話は終《しま》いだな。なら戻らせてもらうぜ」

そう言ったのはアンヴィエットだった。ヒラヒラと手を振り、わざとらしくあくびを零しながら司令部を去っていく。

「おとうさん、今日はスーと一緒にお昼寝したいの？」

「なんも言ってねェだろ。つかオレは今から授業だ」

——まあ、その背中にはスーリヤがしがみついていたので、あまり格好は付いていなかったのだが。

「わたしたちも参りましょう。日々の修練も、魔術師の務めです」

次いで、黒衣が皆を促すように言う。無色は小さくうなずくと、瑠璃《るり》を引きずりながら、彩禍、黒衣とともに司令部を出ていった。

と、彩禍にぴたりと引っ付いたまま、ヒルデガルドもあとを付いてくる。

「ヒルデさん……？」

「付いてこなくてもよいのですよ。騎士ヒルデガルド」

「あ……う、うん……でもなんか落ち着くっていうか……」

無色と黒衣が言うと、ヒルデガルドはぎこちない笑みを浮かべながら言ってきた。

黒衣がやれやれといった様子で息を吐く。

「別に構いませんが、彩禍様も授業がございますので、教室までにしてください」

「わ、わかった……でもいいな……人の背中……。後ろに隠れる用に人雇おうかな……」

「ご自由に。ですが騎士ヒルデガルドの場合、顔見知りでないと隠れづらいのでは？」

「う……っ……」

図星を突かれたように、ヒルデガルドが口ごもる。

「彩禍ちゃん……日当一万円で私の壁にならない……？」

「学園長を妙な仕事に勧誘しないでください」

ヒルデガルドの言葉に、黒衣が半眼を作りながら言った。

◇

そして、また次の日の朝。

「ん……」

無色の意識を夢の中から引き上げたのは、枕元で響く軽快な電子音だった。

間違いない。無色のスマートフォンだ。だが、アラームではない。この音は——

「…………！」

徐々に意識が覚醒していき、それが電話の着信音であることに気づく。

無色は慌てて身体《からだ》を起こすと、画面に表示された通話ボタンをタップした。

「も、もしもし……」

『おはようございます、無色さん』

電話口から聞こえてきた声は、黒衣のものだった。

「おはようございます。どうしたんですか黒衣。……まさか俺、寝坊しちゃいました？」

『いえ。今し方、騎士エルルカから連絡がありましたので、ご報告をと』

「連絡？」

『はい。——先ほど、また例の消失現象が起こったそうです』

「…………っ——」

黒衣の言葉に、無色は思わず息を詰まらせた。

昨日、そして一昨日《おととい》、立体映像で目にした風景が脳裏を過《よぎ》る。

「そう……ですか。今度は一体どこです……？」

無色が問うと、黒衣は静かな、しかし強い調子で続けてきた。

『——東京都桜条市《おうじょうし》。つまり、ここです』

「──黒衣！」

転がるように男子寮から出た無色《むしき》は、待ち合わせの場所に立っていた黒衣を見つけるなり、大声でその名を呼んだ。

「すみません、遅くなりました！」

言って、制服のボタンを留めながらその場に駆け寄り、頭を下げる。先ほど電話で事情を聞いてから慌てて着替えたため、随分と着崩れてしまっていた。髪も、ところどころ寝癖が跳ねている。

「いえ。急《せ》かしてしまいましたね。彩禍《さいか》様も瑠璃さんもまだいらしていないので、落ち着いて身なりを整えてください。慌てたところで状況は変わりません」

「す、すみません……」

無色はもう一度謝ると、言葉に甘えて制服を正し始めた。

「ん……？」

と、そこで小さな違和感を覚え、目を瞬《またた》かせる。

黒衣は無色とは対照的に、一分の隙もなく服を着こなしていたのだが、その装《よそお》いが、〈庭園《ていえん》〉の制服ではなく、彩禍の側《そば》に侍《はべ》るときの侍従服だったのである。

「黒衣《くろえ》、今日はその服なんですね」

「……？　今日は、と仰《おっしゃ》いますと」

黒衣が小さく首を傾《かし》げる。まるで、何を言っているのかわからないというように。

「あ、いえ。別に問題はないんですけど。こんな非常事態が起こったなら、授業に出てる場合じゃないかもしれませんし――」

無色はそこで言葉を止めた。

否《いな》、正確に言うならば、別に止めるつもりはなかったのだが、中断させられた。

理由は単純。突然頭上から謎の人影が降ってきたかと思うと、無色の背中にがっしとしがみつき、熱烈な頬ずりをしてきたからだ。

「兄様兄様兄様兄様兄様兄様兄様兄様兄様兄様兄様兄様兄様兄様兄様兄様兄様兄様――」

「わっ！　る、瑠璃！」

無色は思わず叫びを上げた。背後を取られているためその姿は見えなかったのだが、その声と力強さは間違いなく瑠璃のものだった。

「おはよう兄様。一二時間も会えなくて寂しかったわ。兄様も寂しかったわよね？　寂しかったって言え。会えない時間が愛を育てるなら、会った瞬間はチャージバスターよね。だいたい男子寮女子寮しかないってのがナンセンスだと思わない？　中央に兄妹《きょうだい》寮を作るべきよね」

などと捲《まく》し立ててくる。普段と変わらぬ声のトーンが、逆に恐怖を煽《あお》った。

「あれ……？」

と、そこで無色はとあることに気づき、微《かす》かに眉根を寄せた。

視界の端にひらひらと揺れる瑠璃の服。その色が、普段瑠璃が纏《まと》っている〈庭園〉の制服のそれと異なっているような気がしたのである。

いや、もっと正確に言うなら、それは──

「瑠璃？　なんで黒衣と同じ服を着てるの……？」

無色は不思議そうに尋ねた。

そう。今瑠璃が着ていたのは、黒衣のそれとよく似た侍従の装い──所謂《いわゆる》メイド服だったのである。

「え？」

しかし瑠璃は、無色の問いに、キョトンといった様子で返してきた。

「同じ服って。そりゃあそうでしょ。制服なんだから」

瑠璃は当然というように答えたのち、何かに気づいたようにハッと肩を揺らしてきた。

「それは何？　既製品を着て欲しくないってこと？　私を自分色に染めたいって意思表

示？　見かけによらず独占欲強いの？　今日は授業休んで服買いに行くぞとかやっちゃうの？　きゃうん。ここにきてそんな新要素ぶっ込んでくるとか……神アプデか？　ありがとう公式。課金も辞さない」

「おっと。落ち着いて瑠璃。首。首絞まってる」

「おっと。しゅきがパワーになっちゃったぜ」

無色が腕をタップすると、瑠璃は「てっへっへ」と苦笑しながら力を緩めてきた。

気道が確保され、酸素が肺に送り込まれる。無色は安堵《あんど》の息を吐いた。

しかし、今はそれよりも気になることがあった。呼吸を整えるのもそこそこに、言葉を続ける。

「……瑠璃。今それを制服って言った？」

「ええ。それが何か？」

あっけらかんとした調子で瑠璃が返してくる。自分が着ている衣服に、まったく疑問を抱いていない様子だ。

そこでようやく気づく。思い起こしてみれば、先ほどの黒衣の反応もおかしかったのだ。

無色はてっきり、何らかの事情があって侍従の服を身につけているのだと思っていたが、彼女は自分の装いを特別とも思っていない様子だった。

そして無色の思考は、すぐにとあることに思い至った。そう。つい昨日、そんなことを言っていた人物がいたのである――

「――やあ。おはよう、三人とも。遅れてしまってすまないね」

その瞬間。女子寮の方角からそんな声がして、無色は思考を中断させられた。

だが、それも無理からぬことではあった。何しろそこにいたのは。

「さ、彩禍……さん――」

「ん？　ああ、おはよう無色。どうかしたかい？　わたしの格好が何か？」

黒衣、瑠璃と揃《そろ》いのメイド服を纏った、久遠崎《くおざき》彩禍その人だったのだから。

「――――ひ――――ッ」

その姿を網膜が捉えると同時、無色は引きつけを起こすように息を詰まらせ、その場にくずおれそうになってしまった。辛《かろ》うじて姿勢を保てたのは単純な理由で、無色の身体から力が抜けたことを察した瑠璃が背後から支えてくれたからだった。ちなみに瑠璃はその際「うおっと。どうしたの兄様。私に身も心も委ねたいって意思表示？　そんなんされたら養わずにはいられませんぞぉ」と興奮したように呟《つぶや》いていたが、今の無色にはよく聞こえていなかった。

メイド服とはすなわち、使用人の作業着。普通であれば彩禍のような高貴な人間が身につけるはずのない衣装である。

しかし今、その交わるはずのない二つの存在が、奇跡のマリアージュを果たしていた。

無色は、熱い涙が、自然と頬を伝うのを感じた。

「ありがとう……ございます――」

「……？　なぜわたしは今感謝されたのかな？」

彩禍が、不思議そうに首を傾げながら問うてくる。

感激に言葉を発せなくなった無色の代わりに、黒衣が「さあ」と短く答えた。


「ち――、なんだってんだ、こりゃあ」

エルルカから報告を受け、〈庭園〉の西端を訪れたアンヴィエットは、目の前に広がった光景を見て、苛立《いらだ》たしげに顔を歪《ゆが》めた。

だがそれも当然だ。何しろ、〈庭園〉の敷地《しきち》を囲う強固な壁の一部が、綺麗《きれい》に削り取られたように消失し、『外』の景色を晒《さら》していたのだから。

否。『外』の景色、というのも語弊があるかもしれなかった。〈庭園〉の敷地外に広がっていたはずの街並みもまた、消しゴムで消し取られたかのように更地と化していたのである。先ほどからひっきりなしに、救急車や消防車のサイレンや、報道ヘリのプロペラ音が鳴り響いていた。

「…………」

アンヴィエットは険しい顔を作りながら歩みを進めると、大きな口を開けた壁へと至った。

指先で、その真新しい傷跡を撫《な》でる。──ともすれば指が切れてしまいそうなほど、滑らかな断面。

〈庭園〉の外壁は、物理的にも魔術的にも、極めて堅牢《けんろう》に作られている。もしも滅亡因子が攻撃を加えたとしても、そう簡単には傷つかないはずだったし、仮に破壊されたとしても、このような壊れ方をするとは思えなかった。

アメリカ東部やオーストラリア南部の被害状況を記した報告書には無論目を通していたが、こうして実際に見てみると、その異常性が際立《きわだ》つ。

滅亡因子には違いないだろうが、その姿が観測されていない以上、単純に暴威を振るうものとは考えづらい。特殊型と見るのが適当だろう。

「つるつる」

そう言いながら、アンヴィエットの後方で壁の断面を撫でるのは、無論スーリヤである。

今日も今日とて、スーリヤはアンヴィエットの側にぴたりとくっついたままだった。

今朝などは現場を見るために朝早く部屋を出たのだが、アンヴィエットが身支度を整えているうちにいつの間にか玄関にスタンバイしていた。

「……ったく」

もうつきまとわれるのは慣れっこであるし、今さら文句をつけても仕方ないことは承知していたが、彼女がいると、どうも緊迫しているはずの空気が弛緩《しかん》してしまう感があった。

小さく息を吐き、やれやれと頭をかく。

しかし思い返してみれば、ここ数日――はぐれ魔術師に追われているスーリヤを助けてから、奇妙なことがいくつも起こっている気がした。

アンヴィエットの娘を名乗るスーリヤ自身の存在はもちろん、世界各地で謎の消失現象が起こっているし、なんだか彩禍の様子もおかしい気がする。それに昨日からは瑠璃《るり》も何やら様子が……いや、彼女は元からあんな感じだったかもしれない。考えすぎてしまうのは、アンヴィエットの悪い癖だった。

「…………」

――とはいえ、これはさすがに異常だろう。

アンヴィエットは後方をちらを見やり、難しげに眉根を寄せた。

そこにはアンヴィエットと同じく現場の様子を見に来たのか、〈庭園《ていえん》〉の教師や生徒たちの姿があったのだが――

その女子生徒たちが全員、〈庭園〉の制服ではなく、ヒラヒラしたエプロンドレスのような服を纏っていたのである。ちょうど彩禍《さいか》の侍従が着ているような代物だ。

と、そんな視線に気づいたのか、近くにいた女子生徒の一団が歩み寄ってきた。

「お疲れ様です、スヴァルナー先生」

「……おう。テメェらは？」

「盾川《たてかわ》先生のお手伝いに。誤って外部の人が迷い込まないよう、今から一時的に、ここに忌避結界を敷くそうです」

「ああ――」

アンヴィエットは納得を示すようにうなずいた。

認識阻害の結界はまだ機能しているので、〈庭園〉の内部が衆目に晒されることはないはずだが、本人にそのつもりがなくとも、敷地内に一歩足を踏み入れてしまえばその限りではない。救助隊や、復旧に携わる建設業者、メディア関係者などには注意を払っておいた方がいいだろう。

ただ、得心がいったのはそこまでだった。半眼を作りながら、続ける。

「……で、なんだそのトンチキな格好は。文化祭ならまだ先だろ」

「………………？」

女子生徒たちは不思議そうに首を傾《かし》げ、自分の装《よそお》いに視線を落とした。

結界を張るのに必要な衣装——というわけでもないらしい。彼女らの反応は、アンヴィエットが何を言っているのかわからないといった様子だった。

反して、近くにいる男子生徒たちの格好は普通の制服であり、彼女らの装いを見てアンヴィエット同様不思議そうな顔をしている。アンヴィエットの反応を見て安堵したように、「やっぱりそうですよね……」「よかった。俺たちがおかしいんじゃなかった……」と息を吐いていた。

が、アンヴィエットはそれ以上追及しなかった。別に気にしてもしょうがないと判断したわけではないのだが、他に対応せねばならないことができてしまったのだ。

「あら、あなたは……」

「どこから来たの？　まさか『外』じゃ……」

女子生徒たちが、壁の断面を撫でるスーリヤを見つけ、話しかけ始めたのである。

「ああ、そいつは——」

と、アンヴィエットが答えようとすると、別の女子たちがそれに返した。

「ああ、スーリヤちゃんよね。その子は大丈夫」

「ほら、聞いてない？　スヴァルナー先生の隠し子よ」

「あっ……あー……この子が例の」

「すみません先生。そうとは知らず」

スーリヤに話しかけた女子たちがアンヴィエットにぺこりと頭を下げてくる。アンヴィエットは眉間に皺《しわ》を寄せながら視線を鋭くした。

「だーかーらー、隠し子じゃねェっつってんだろ！　オレに子供なんざいねェ！」

もう否定し疲れていたアンヴィエットだが、だからといって何も言わないと、認めてしまったような空気になることは明白だった。苛立たしげに声を張り上げる。

するとと女子生徒たちは、なんとも痛ましそうな表情を浮かべてきた。

「そんな……いくら認知したくないからって、本人を前にそんな風に言うことないじゃないですか！」

「そうですよ。もしかしたら先生が覚えてないだけって可能性もありますし」

「あー、先生モテそうだもんねー」

「ねえスーリヤちゃん。お母さんの名前ってわかる？」

などと、口々に言い始める。アンヴィエットは額に青筋を浮かべながらため息を吐《つ》いた。

「テメェらなぁ……」

だが、アンヴィエットがその言葉を続けることはなかった。

女子生徒の質問にうなずいたスーリヤが、それを遮るように声を響かせたからだ。

「おかあさんの名前は——サラ」

スーリヤが発した、その名前に。

「————、なんだと？」

アンヴィエットは、心臓が圧《お》し潰されるかのような感触を覚えた。


「これは……すごいですね」

なんとか落ち着きを取り戻した無色《むしき》は、彩禍や黒衣《くろえ》とともに、消失現象の現場である〈庭園〉の西端にやってきていた。

ちなみにさすがに歩きづらかったため、瑠璃には背中から離れてもらっている。瑠璃はだいぶ渋ったのだが、「これじゃあ瑠璃の可愛《かわい》い顔が見えないよ」と無色が言ったところ、照れくさそうに手を離してくれたのだった。その代わり、目が合う度にウインクをしてきたり、ポーズを取ってきたりするようになった。

綺麗に壁が抉《えぐ》り取られた〈庭園〉西端部には、既に幾人もの教師や職員、手伝いの生徒などが集まり、調査や結界の構築など、慌ただしく作業に勤《いそ》しんでいた。

「――報告書にあったものと同じ消失痕ですね」

「ああ。やはり、一昨日《おととい》から連続している現象と同じものと見て間違いなさそうだ」

「はい。ですがまさかこんなにも近くで……一体何が起こっているというのでしょう。兄様兄様。見て見て。可愛い？」

揃《そろ》いの服を着た黒衣、彩禍、瑠璃が、現場の惨状を見ながら順に言葉を零《こぼ》す。皆真剣な面持ちをしていたのだが、瑠璃だけは最後に無色の方を見ながら可愛らしいポーズを取っていた。無色は苦笑しながら「可愛いよ」と答えた。

「滅亡因子……それも、概念や自然律に影響を及ぼす類のものでしょう」

黒衣が、目を細めながら続ける。

「〈ドラゴン〉や〈クラーケン〉のように暴威を振るう種より被害範囲こそ狭いものの、特定の条件を満たしたとき、特殊な効果を発現することが多いです。そして何より、そのルールを解き明かせない限り、実像を摑《つか》むことさえできません。非常に厄介な滅亡因子と言えるでしょう」

そしてそう言って、無色の方に視線を寄越してくる。

「これだけの規模のものとなれば、既に他にも世界に影響が出ているかもしれません。──無色さん。どんなに些細《ささい》なことでも構いません。何か違和感はありませんか？」

「はあ。それは……ありますけど」

メイド服の裾を揺らしながら言ってくる黒衣に返すと、黒衣は意外そうに眉を揺らした。

「一体なんですか。何かおかしなことが起きていると？」

「だから、その服ですよ。なんでみんな、メイド服を着ているんですか？」

無色は黒衣の服を指さしながら言った。

先ほどはメイド服姿の彩禍の破壊力に何も言えなくなってしまった（今もまだ長時間連続で直視はできない）無色だったが、それが明らかにおかしいことは認識できていた。

何しろ、彩禍や瑠璃のみならず、今現場に集まっている女子生徒たちが、皆同じ格好をしているのである。しかもそれを着ている女子たちが一人も、それに疑問を抱いている様子がないときたものだ。

「それは……この装いがおかしい、ということですか？」

「おかしいっていうか……昨日までみんな制服を着てたじゃないですか。なんでそんな急に……まるでヒルデさんが昨日言ったことみたいじゃないですか」

「騎士ヒルデガルドが──」

無色の言葉に、黒衣が微《かす》かに眉根を寄せる。

しかし、黒衣が次の言葉を発するより先に。

「――久遠崎《くおざき》ィッ！」

前方――壁の消失跡の方から、怒気に染まった叫び声が響いてきた。

「アンヴィエットさん……？」

声の方向を見やり、無色は目を丸くした。

そう。そこには、ただならぬ様子で叫ぶアンヴィエットの姿があったのである。

その様に無色たちが驚いていると、アンヴィエットはそのままのしのしと早足で歩み寄ってきて、一瞬の躊躇《ためら》いもなく、彩禍の襟首を掴み上げた。

「テメェ――どこまで知っていやがった！」

そして、憤怒《ふんぬ》に染まった双眸《そうぼう》で彩禍を睨《にら》み付けながら、怒号じみた声を上げる。

「な――」

「アンヴィエットさん⁉」

瑠璃や無色が驚愕《きょうがく》に声を絞るも、アンヴィエットは構うことなく続けた。

「どういうことだ……！　なんで――なんでここでサラの名前が出てくる⁉　教えろ！　テメェは一体何を知っていやがる⁉」

『――――っ』

悲鳴じみたアンヴィエットの言葉に。

彩禍と黒衣が、同時に小さく息を詰まらせた――ように、見えた。

しかし、それも一瞬のことである。彩禍はすぐに表情を元に戻すと、落ち着いた口調で答えた。

「すまないが、君が何を言っているのかわからない。離してくれないかな？」

「ふざけるな――こんな偶然があってたまるか！　あのときのことが関わってるとしたなら、テメェ以外に誰が――」

アンヴィエットは手を離すどころか、更に襟首を掴む力を強め、詰め寄った。もとより身長差のある二人である。彩禍の身体《からだ》が、吊《つ》り上げられるように地面から浮く。

が、アンヴィエットが叫んだのはそこまでだった。後方からアンヴィエットの服の裾が、きゅっと引っ張られたのである。

「おとうさん……本当はこんなことしたくないって思ってるんだよね……？」

「…………ッ！」

スーリヤだ。アンヴィエットはその姿を目の端で見ると、ギリと奥歯を噛《か》み締め、やがて乱雑に彩禍の身体を解放した。

「彩禍《さいか》さん！」

「……ああ、ありがとう。大丈夫だ」

無色が慌てて彩禍の身体を支えると、彩禍は小さく咳《せ》き込んだのち、そう返してきた。

「…………、くそ――――ッ」

アンヴィエットはしばしの間彩禍を睨み付けていたが、やがて吐き捨てるようにそう言って、その場から去っていった。スーリヤがぺこりとお辞儀をしてから、小走りになってその背を追っていく。

「……一体、何が……」

「なんなんですかあいつは！　魔女様にあんな失礼な……！」

突然の事態に騒然とする現場で、無色と瑠璃《るり》は狼狽《ろうばい》を、あるいは憤激を口にした。

しかしそんな中、黒衣と彩禍は、何か思い当たることがあるように眉根を寄せていた。

「……事象の書き換え、認識の操作……願望――サラ……、まさか、そんなことが――」

「黒衣……？　どうかしましたか？」

無色が問うと、黒衣は一瞬目を伏せたのち、顔を上げてきた。

「少し……調べたいことがあります。詳しくはその後にお話しさせていただければと」

「……ああ。そうだね。わたしも調べてみよう」

黒衣に同調するように、彩禍が言う。

そのただならぬ様子に、無色と瑠璃は思わず顔を見合わせた。

「あの、サラって一体誰なんです……？」

その問いに、黒衣は、ゆっくりと首肯してから答えてきた。

「サラ・スヴァルナー。──今からおよそ一〇〇年前にお亡《な》くなりになられた、騎士アンヴィエットの奥様です」


「おとうさん──」

「……うるせェ」

消失現場を後にしたアンヴィエットは、躊躇いがちに話しかけてくるスーリヤに、ぞんざいな調子で声を返した。

別に邪険にしたかったわけでも、辛《つら》く当たりたかったわけでもない。けれど、頭の中が混乱して、上手《うま》く思考が整理できていなかったのだ。

「くそっ、一体何がどうなっていやがる……」

髪をかきむしり、吐き捨てるように言葉を零す。

そうしてから、アンヴィエットは後方――スーリヤに視線をやった。

「……おまえ、一体何者だ？　オレと血の繋《つな》がりがねェってのはもう確認が取れてる。だが――なんでサラの名前を知っていやがる」

「サラは……スーのおかあさん。スーはずっと、一緒にいたよ。おとうさんのことを知ってたのも、ずっとおかあさんに聞いていたから……」

「ふざけるな。サラはもういない。あのとき……死んだんだ。オレがこの目で確かめた。葬儀もした。――それとも、おまえはあの世から来たとでも言うつもりか？」

アンヴィエットが射殺《いころ》すような目で睨み付けながら言うも、スーリヤは臆した様子もなく返してきた。

「大丈夫。すぐにわかるよ。おとうさんは……もう、『お願い』したから」

「『お願い』……？」

スーリヤが何を言っているのかわからず、眉根を寄せる。

次の瞬間――アンヴィエットを、激しい頭痛が襲った。

「ぐ……っ!?　あァ……!?」

突然のことに頭を押さえ、身をくの字に折る。

しかし、すぐに違和感に気づいた。――ただの頭痛ではない。そう。まるで膨大な量の

情報を、強制的に頭に流し込まれているかのような──

「……っ、────、………ッ──」

数分後。顔中に脂汗を浮かべて蹲《うずくま》っていたアンヴィエットは、ゆっくりと顔を上げた。

「なんだ……これは──」

そして、困惑の中、声を上げる。

「なんなんだよ、この、記憶は……ッ！」

その叫びは、憤激のようであり──慟哭《どうこく》のようでもあった。

◇

「…………」

〈庭園《ていえん》〉西端での騒動のあと、黒衣《くろえ》は一人、〈庭園〉大図書館の地下書庫を訪れていた。

普通の生徒は立ち入りを許されない、禁書や重要資料が保管されている区画である。

先々月の鴇嶋喰良《ときしまくらら》襲撃事件で、特に大きな被害に遭った地下封印施設の上層に当たる場所だったが、今はもう綺麗《きれい》に修繕が済まされていた。

不幸中の幸いというべきか、あの戦闘による資料の喪失・破損は確認されていない。まあ、それよりも遥《はる》かに重要度の高い〈ウロボロス〉の心臓を奪われてしまったのだから、笑い話にもならないのだが。

黒衣は書庫最奥《さいおう》に設《しつら》えられた席に腰掛けると、そこに設置された端末に手をかざした。

「認証。烏丸《からすま》黒衣」

黒衣の声に反応するように小さな電子音が響き、黒衣の手の平、次いで目を、光の線が通り抜けていく。そしてその後、複雑なパスワードを入力すると、ようやく黒衣の目の前に、本の形をした立体映像が表示された。

外部のネットワークから完全に独立した、電子資料閲覧用端末である。この資料を自由に閲覧することができるのは、〈庭園〉の学園長たる彩禍と、彩禍に特別に許可を得た（という体《てい》の）黒衣のみだった。

それもそのはず。この資料には、今まで彩禍が討伐してきた一二の神話級滅亡因子《マイソロジア》の、彩禍しか知らない情報が記されていたのだから。

「――滅亡因子〇一〇号。資料開示」

黒衣が呟《つぶや》くように言うと、ぼんやりと輝く本がパラパラと捲《めく》られていき、当該資料を映し出した。

「…………」

そして、その資料に目を通すこと、十数分。

　黒衣は、先刻頭の中に生じたとある可能性が、ゆっくりと、しかし確実に、実像を結んでいく感覚に襲われた。

「もしもそんなことがあるとしたなら、彼女は――」

　と、その瞬間。黒衣のスマートフォンが、微かに振動し始めた。

　どうやら着信らしい。画面を見やると、エルルカの名が表示されていることがわかる。

「――はい。烏丸です。何かありましたか」

『うむ。つい先ほど、また同様の消失現象が確認された。今度は東欧じゃ。今までの三例と比べるとだいぶ小規模ではあるが、ペースが早い。一日一回というのは規則性ではなく、単なる偶然じゃったのかもしれぬ』

「…………」

　エルルカの報告を聞いて、黒衣は奥歯を噛み締めながら眉根を寄せた。――冷静《クール》さが身上の侍従ではあるが、ここならば誰に見咎《みとが》められることもあるまい。

　まだ確たる証拠はない。だが、もしも黒衣の推測が正しかったならば、そんな悠長なことを言っている暇はなかった。瞬《まばた》きの間に覚悟と決意を完了させ、言葉を続ける。

「騎士エルルカ。一つお願いがあります」

『なんじゃ。申してみよ』

いように」

「――今すぐ、スーリヤさんを確保してください。できる限り丁重に。敵意を感じさせないように」

『スーリヤ……ああ、あの娘か。一体なぜじゃ？』

黒衣の言葉に、エルルカが怪訝《けげん》そうな声を上げてくる。

とはいえそれも当然の疑問だ。黒衣は声に焦燥が滲《にじ》まぬよう、落ち着いた調子で続けた。

「彼女が滅亡因子を保有――いえ、鴇嶋喰良と同じように、滅亡因子と同化している可能性があるからです」

『なんじゃと？』

エルルカが、不審そうに続けてくる。

『あやつが鴇嶋喰良のように〈庭園〉に害を為《な》すために、アンヴィエットの娘を名乗って潜り込んだとでもいうのか？』

「いえ。彼女自身にこちらへの敵意があるかさえも定《さだ》かではありません。しかしわたしの推測が正しければ、彼女は望む望まざるにかかわらず、世界に甚大《じんだい》な影響を及ぼしてしまう可能性があるのです」

『どういうことじゃ。一体、その滅亡因子とは何じゃ』

「物質型滅亡因子、〈運命の輪《フォルトゥナ》〉。――願い、を、叶、え、る、装置です」

エルルカの問いに、黒衣はその名を告げた。

◇

『――お呼び出し申し上げます。アンヴィエット・スヴァルナー先生。お嬢様と一緒に、至急中央司令部へお越しください。繰り返します――』

〈庭園〉の敷地《しきち》内に、もう幾度目とも知れぬアナウンスが鳴り響く。

それを聞きながら、彩禍は〈庭園〉西部エリアを歩き回っていた。

否《いな》、彩禍だけではない。周囲に目をやると、彩禍と同じように何かを探している様子の生徒たちの姿がちらほらと見受けられた。皆エルルカの指示を受け、アンヴィエットを捜索しているのだろう。

正確に言うのなら、本当の目的はスーリヤの方だったのだが、それは彩禍や瑠璃など、一部の面々にしか知らされていなかった。

ともあれ、今〈庭園〉は、エルルカの発した令により、大捕物《おおとりもの》の様相を呈していた。彩禍も生徒の一人として、こうして捜索に参加している。無色《むしき》や瑠璃は彩禍と一緒に行動したがったが、こういうときは手分けをした方がいいと諭したところ、二人とも血の涙を流しながら（比喩表現）聞き分けてくれた。

アナウンスが流れ続けているということは、未《いま》だにアンヴィエットとスーリヤが見つかっていないということだろう。

アンヴィエットの性格からみて、理由もなくアナウンスを無視するとは考えづらい。

となると、アナウンスの届かない場所にいるか、意図的に姿を隠しているか、どちらかの可能性が高かった。

前者ならばいい。だが、もし後者だった場合、アンヴィエットは既に——

「アンヴィエット——」

と、彩禍《さいか》が嘆息とともにその名を零《こぼ》した、そのときであった。

前方の道に、ゆらり、と大柄な人影が現れたのは。

「ん……？」

その違和感に、思わず顔を上げる。

理由は単純なものである。その人影が、〈庭園〉の風景に、あまりに似つかわしくなかったからだ。

背の高い女だ。目算ではあるが、二メートルを超えているのではないだろうか。肌の露出を嫌うかのように、季節外れのロングコートをぴっちりと着込み、鍔《つば》の広い帽子を目深《まぶか》に被《かぶ》っている。帽子の陰から長い髪が覗《のぞ》き、その先端が風に揺れていた。

少なくとも、生徒ではない。かといって〈庭園〉の教師の中に、あのような人物がいるとも思えなかった。

だが何より異様だったのは——そんな目立つ風体《ふうてい》をしているというのに、彩禍以外、その人物にまったく注目していないということだった。

「——お嬢さん」

女がゆっくりと彩禍に歩み寄りながら、呼びかけてくる。

「少しお尋ねしたいのだけれど。一〇歳くらいの小さな女の子を知らないかしら。綺麗な金髪で……名前は——そう、スーリヤ」

「……スーリヤのことを知る君は、一体何者かな？」

その言葉に、彩禍は警戒を露《あら》わにした。

するとそんな彩禍の反応を感じ取ってか、女が小さく喉を鳴らしてくる。

「あら……もしかしてもう、〈庭園〉はその子の秘密に気づいてしまったのかしら。なら……仕方ないわね。次のプランに移行するとしましょう」

女は革手袋を着けた手で帽子の鍔を持ち上げると、その顔を露わにした。

「————」

毒々しい紅が施された唇と、包帯の合間から覗く隻眼が、いつまでも彩禍の目に残った。

――捜索が始まってから、およそ二時間。

「アンヴィエットさんが見つかったんですか⁉」

無色は中央司令部に入るなり、声を張り上げた。

既にそこに集まっていたエルルカ、黒衣、ヒルデガルドが視線を寄越してくる。ヒルデガルドは声の大きさに驚いたのか、肩をビクッと揺らしていた。

「まだじゃ。……いや、所在がわかったことを『見つかった』というなら、間違いではないかもしれんがの」

エルルカが苦い顔で言ってくる。その歯切れの悪さに、無色は不思議そうに首を傾《かし》げた。

アンヴィエットとスーリヤを捜索している最中、黒衣からスマートフォンに緊急連絡があったため、何らかの進展があったのかと思い急いで司令部にやってきたのだが――どうやらアンヴィエットが確保されたというわけではないらしい。

ちなみに余談であるが、無色の後ろには瑠璃《るり》の姿があった。さすがに背中に引っ付いてはいないものの、常につかず離れずの位置をキープしている。

彩禍の言いつけによって手分けしながらアンヴィエットの捜索に当たっていたのだが、

気づいたら近くにいたのである。そのことについて尋ねても、瑠璃は「奇遇ね兄様。それとも運命？　これが兄妹《きょうだい》のデスティニー」としか言わなかった。黒衣《くろえ》たちもなんとなく事情を察しているのだろう。あえて突っ込みは入れてこなかった。

「えっと……どういうことです？　居場所はわかったんですか？」

「こちらをご覧ください。先ほどあった通信です。――シルベル姉さん、お願いします」

『はぁーいっ』

黒衣が言うと、虚空《こくう》からシルベルの声が響き、テーブルの上に映像が浮かび上がった。

映っていたのはアンヴィエットだった。傍《かたわ》らにスーリヤの姿も見受けられる。

「……！　これは――」

無色が驚いていると、映像の中のアンヴィエットは、相手を射殺《いころ》すかのように視線を鋭くしながら、声を発してきた。

『〈空隙の庭園《くうげきのていえん》〉学園長、久遠崎《くおざき》彩禍に告ぐ。――オレと、尋常に勝負しろ』

「な――」

『場所は見代山《みしろやま》教導訓練所。ルールはなんでもあり。禁止事項はねェ。唯一あるとすれば、手加減だ。勝敗は、どちらかが死ぬか、降参することによってのみ決するものとする。もしもこの要求が受け入れられない場合――』

言って、アンヴィエットが、傍らのスーリヤを一瞥《いちべつ》する。

『──滅亡因子〈運命の輪《フォルトゥナ》〉の権能を以《もっ》て、この世界を滅ぼす。……テメェになら、この意味がわかるな？』

「…………っ」

アンヴィエットの言葉に。無色は、思わず息を詰まらせた。

「世界を……滅ぼす？　何を言ってるんですか、アンヴィエットさんは……。そんなの、〈庭園〉のやってることと真逆じゃないですか。それに、そんなことそう簡単には──」

「いいえ」

無色の言葉を遮るように、黒衣が頭を振ってくる。

「もしも本当に〈運命の輪《フォルトゥナ》〉が復活を遂げたというのなら、不可能ではありません」

「そ、そんな……」

〈運命の輪《フォルトゥナ》〉とやらがどのような滅亡因子なのか、詳しく知っているわけではない。けれど、黒衣がこのような冗談を言うとはとても思えなかった。緊張が汗となって頰を伝う。

するとエルルカが、難しげな顔をしながらあごを撫《な》でた。

「……あやつの思惑はわからぬが、その手に〈運命の輪《フォルトゥナ》〉がある以上、応じざるを得まい。──彩禍。聞いての通りじゃ。完膚なきまでに叩《たた》き伏せてやれ」

「そ、そうです！　魔女様に絶賛連敗中のくせに、なんて身の程知らずな！　格の違いってやつを思い知らせてやりましょう！」

エルルカに同調するように、瑠璃が声を上げる。

が、そこでエルルカが、不思議そうに首を傾げた。

「……で、彩禍はどこじゃ？　ぬしらと一緒ではなかったのか？」

「え？　いえ。手分けした方が早いからって、別行動を取ってました。てっきり先に来てるものかと思ってましたけど……」

と、無色が答えた瞬間、司令部の中にアラームのような音が鳴り始めた。

「なんじゃ、この音は」

『外部から通信です。この番号は——さーちゃんですね』

エルルカの言葉に、シルベルが応える。さーちゃんとは、シルベルが彩禍を呼ぶときの名だった。全人類の姉を自称するシルベルにとっては、学園長でさえも妹なのである。

「彩禍から……？　繋《つな》いでくれ、姉上」

『了解です』

シルベルが言うと同時、テーブルの上にノイズ混じりの映像が映し出された。

「………………!?」

それを見て、思わず眉根を寄せる。

無色だけではない。瑠璃も、エルルカも、ヒルデガルドも。黒衣でさえ、意外そうな表情を作っていた。

だがそれも当然だろう。何しろそこに映っていたのは、ロープで椅子に縛りつけられた彩禍の姿だったのだから。

『──ごきげんよう。〈庭園〉の皆さん。私は朱殷《シュアン》』

その映像に重なって、低い女の声が響き渡る。

『あなた方の同胞はお預かりしたわ。無事に返してほしくば、スーリヤという名の女の子と交換よ』

女の声は、絶望的な情報とともに、この場にいない少女の名を告げた。

第四章　止めてほしいんだよね……？

「──素晴らしい」

部下から報告を受けたウィローズは、天を仰ぎながらゆっくりと拍手をした。

「仕事が早いというのは何ものにも勝る美徳だ。人生は短い。速やかに仕事を全うするというのは、人生を買うに等しい行為だ」

すると側《そば》に控えた部下たちは、絵に描いたような愛想笑《あいそわら》いを浮かべてきた。

「ええ、本当に」

「まったくその通りで」

「………」

──何もわかっていない。ウィローズは愚鈍な部下たちを一瞥《いちべつ》しながら細く吐息した。

とはいえ、別に憤《いきどお》るほどのことでもない。たとえ愚鈍であろうと、自分に忠実な部下というのは、それだけで使いようがある。彼らはかけがえのないはずの己の人生を、ウィローズに奉仕することに費やしているのだ。優秀な部下はそれに気づいてしまう。そしてウィローズの元を離れていくか、高額な対価を求め始めるか――ウィローズの寝首を掻《か》こうとする。無論、それを企てた者たちは全員首を並べてやったが。

それに今はいい知らせが舞い込んだばかりだ。気分を悪くする必要もないだろう。

そう。つい先ほど、仕事を依頼していた魔術師朱殷《シュアン》から、〈空隙《くうげき》の庭園《ていえん》〉にて少女を確保したとの連絡が入ったのである。

「それで、スーリヤは今どこに？」

「はい。ここの地下に閉じ込めているとのことです」

「なるほど。如才ないな」

今ウィローズたちがいるビルは、〈サリクス〉関連のダミーカンパニーが保有する物件の一つだ。地上階は普通のビルだが、地下は非合法な品を保管する倉庫になっている。無論セキュリティは厳重の一言。無力な少女が捕らわれたなら、逃げることは不可能だろう。

「しかし、閉じ込めている――というのは言葉が悪いな。私はスーリヤを、我が子のように愛している。組織に莫大な恩恵をもたらしてくれる『幸運の子』をね」

ウィローズは唇を笑みの形に歪《ゆが》めながら言った。

そう。スーリヤはまさに『幸運の子』。生まれながらにして特殊な魔術因子をその身に宿した特異生命。ただその場にいるだけで周囲に幸運をもたらす神の子なのだ。

はぐれ魔術師の組織の中では弱小に過ぎなかった〈サリクス〉がここまでの規模に成長したのも、スーリヤの幸運によるところが大きかった。

「さて、では行こうか。我が愛《いと》しのお姫様のもとへ」

「はっ……こちらへどうぞ」

部下がウィローズを先導するように言ってくる。ウィローズは大仰にうなずくと、そのまま廊下に出、エレベーターに乗って地下階層へと移動した。

「──あら」

エレベーターの扉が開くと同時、前方に立っていた女が声を上げてくる。

二メートルを超える長身。血の滲《にじ》んだ包帯で上半分を覆われた貌《かお》。一度見たなら二度と忘れられないであろう強烈な印象を振りまく女である。実際ウィローズの側に控えた部下たちは、彼女の姿を目にした瞬間、雰囲気に飲まれるかのように身体《からだ》を震わせていた。

「ごきげんよう、ミスタ・ウィローズ。何かご用？」

「君がお転婆姫を捕まえてくれたという報告に、いても立ってもいられなくなってね」

「あらあら。せっかちね」

朱殷は真っ赤な唇を歪めるように笑うと、廊下の奥の扉を指さした。

扉の前には認証装置が取り付けられている。ウィローズが手の平をかざすと、ほどなくして小さな電子音とともに、扉のロックが解除された。

ウィローズは、ゆっくりと扉を開け、部屋の中に入っていった。

「久しぶりだね。私の可愛《かわい》いスーリヤ。一体どこへ行っていたんだい。本当に心配したんだよ。君の身に何かあったらと思うと、私は夜も眠れな――」

が。ウィローズはそこで言葉を止めた。

理由は単純。そこにいたのが、スーリヤではなかったからだ。

「――ん？」

なぜかメイド服を着た少女が、ウィローズに気づいたように、視線を向けてくる。

その極彩色《ごくさいしき》の美しい瞳に、ウィローズの姿が映し出される。

瞬間――

「あびゃぁぁぁぁぁぁぁぁぁぁぁぁぁぁぁぁぁぁぁぁ――――――――――ッ⁉」

ウィローズは、恥も外聞もなく、恐怖に染まった悲鳴を上げた。

「ぼ……ボス？」

「あらあら、突然どうしたの？」

部下が困惑したように、朱殷が不思議そうに声をかけてくる。とはいえそれも当然だろう。今の今まで組織のボスとして尊大に振る舞っていた男が、突然生まれたての子鹿のように足をガクガクさせながら甲高い絶叫を上げたのだから。

しかし、今のウィローズに、小賢《こざか》しく表情を取り繕う余裕などありはしなかった。

何しろそこにいたのは——

「く……ッ、久遠崎《くおざき》……彩禍《さいか》……ッ！　……さん……」

世界最強の魔術師と謳《うた》われる〈庭園〉の魔女、久遠崎彩禍その人だったのだから。

「なっ……この女が、あの……!?」

「そういえばこの顔、見覚えがある……！」

ウィローズの言葉に、部下たちがにわかにざわめき出す。しかし朱殷はどこかピンときていない様子で首を捻《ひね》っていた。

「誰だったかしら、それ。どこかで聞いたことがある気はするのだけど」

「バッカおめー！　久遠崎彩禍知らねぇとかモグリか!?」

「ええ、まあ。ていうかはぐれ魔術師《モグリ》はあなたもでしょ」

ウィローズが叫ぶと、朱殷は何を今さらというように肩をすくめてみせた。だが、今は正論が欲しいわけではない。顔中から様々な液体を垂れ流しながら朱殷に詰め寄る。

「〈庭園〉の学園長！　世界最強の魔術師だ……ッ！　なんでこいつ……この方がこんなところにいるんだ……！　スーリヤを連れ戻してきたんじゃないのか!?」

「誰もそんなこと言っていないわよ。スーリヤが見つからなかったから、代わりに近くにいた生徒を人質に取ってきたの。そこの人にはちゃんと説明したけれど？」

「え……っ⁉　そ、そうでしたか……？」

指さされた部下が狼狽《ろうばい》を露《あら》わにする。ウィローズはその部下をギロリと睨《にら》み付けた。

とはいえ、今は無能な部下に制裁を加えている場合ではない。ばくばくと鳴る心拍をどうにか抑えるようにしながら、朱殷に向き直る。

「で……ほ、他に余計な真似《まね》は何もしてないだろうな……？」

「ええ」

「そ、そうか……」

「さっき〈庭園〉に向けて脅迫用のビデオ通話を送っただけよ」

「してるじゃんかよう！」

ウィローズは絶望的な心地で、床をバンバンと叩《たた》いた。

「でも、そんな重要人物ならむしろ好都合なんじゃないかしら。結果的にスーリヤっていう子が手元に戻ればいいんでしょう？」

「俺は！　スーリヤの幸運で！　俺たちの組織の活動を！　〈庭園〉の目に届かないようにしてたの！　この意味わかる⁉」

ウィローズが必死に訴えるように言うも、朱殷はヒラヒラと手を振るのみだった。

「落ち着いてちょうだい。私もプロよ。報酬をもらっている以上、仕事は全うするわ」

「だーかーらー！　もうそういうレベルじゃねぇって言ってんのぉ！　あぁぁぁぁぁぁ……！　久遠崎彩禍に目ェつけられちまった……もう駄目だぁ……お終《しま》いだぁぁぁ――」

ウィローズはそこで言葉を止めた。朱殷がぬっと長い腕を伸ばしてきて、強引にウィローズのあごを摑《つか》み、顔を上に向けさせたからだ。

「いいから、私に任せなさい」

朱殷の顔に巻かれた包帯の隙間から、妖しい色をした片目が覗《のぞ》く。

「あ……が――」

それを目にした瞬間、ウィローズは身動きが取れなくなってしまった。

そして、思い出す。久遠崎彩禍を前にして冷静さを失ってしまっていたが、今目の前にいるこの女もまた、人外の力を持つ化生《けしょう》であるということを。

「いい子」

朱殷は真っ赤な唇を笑みの形にすると、ウィローズから手を離し、目を閉じた。

瞬間、身体を支えていた糸が切れたかのように、ウィローズはがくりと体勢を崩した。

「はぁ……っ、はぁ……っ」

「ぼ、ボス！　大丈夫ですかっ！」

ウィローズは部下に支えられながら、どうにか立ち上がった。

「と……とにかく！　おまえが蒔《ま》いた種だ！　責任は取ってもらうからな……！」

「ええ。わかっているわ」

朱殷が、首肯とともに応えてくる。ウィローズは途方のない気味の悪さを覚え、朱殷と彩禍の顔をできるだけ見ないようにしながら、地下から退散した。

◇

──〈庭園〉司令部は今、騒然となっていた。

だがそれも当然だ。何しろ、〈庭園〉最上位の魔術師であるアンヴィエット・スヴァルナーが、彩禍との決闘を要求してきたというのである。

しかもそれに加えて、その彩禍が拉致されてしまった。犯人の要求は、アンヴィエットの娘を名乗る少女、スーリヤの身柄。

一つでも大変な事件が二つ。しかも双方の要求するものが、互いの手の内にあるという矛盾状態である。板挟みになった〈庭園〉の面々は、この事態にどう対処してよいかわからず、混迷を極めていた。

「――まずは落ち着きましょう、皆さん」

そんな中、手を打ち鳴らして皆の注目を集めたのは、彩禍の侍従・黒衣《くろえ》だった。

「慌てたところで何も始まりません。一つ一つ、冷静に対処して参りましょう」

「黒衣の言うとおりじゃ。魔術師の基本を思い出せ。何が起ころうと心を乱すな」

黒衣に続くように、エルルカが告げる。それを受けて、司令部にいた面々は、息を整えるように深呼吸をした。無色《むしき》もまた、心を落ち着けるように胸に手を置く。

彩禍が攫《さら》われたと聞いてから、正直気が気ではない。だが、ここで冷静さを失い慌てふためいていては、彩禍をさらなる危険に晒《さら》すことになりかねなかったのである。

「……一体これからどう動きましょう。アンヴィエットさんの要求に応えようにも、彩禍さんはここにいませんし、彩禍さんを誘拐した犯人と交渉しようにも、スーリヤはアンヴィエットさんのところにいます」

無色が言うと、しばしの思案ののち、エルルカが顔を上げてきた。

「……優先して対応すべきは、アンヴィエットの方じゃろうな」

「理由をお聞きしても？」

黒衣の問いに、エルルカがこくりとうなずく。

「単純な消去法じゃ。――あの彩禍が捕まるなどということが、本当にあると思うか？

何か思惑があると考えるのが自然じゃろう。無論居場所の特定は進めるが、優先順位を付けるのなら、滅亡因子を保有していると思われるアンヴィエットを先にせざるを得ん」

「…………、なるほど。さすがのご慧眼《けいがん》です」

黒衣が同調するように言う。——が、一見冷静そうなその表情には、微《かす》かな煩悶《はんもん》が交じっていた。それに気づいたのは、恐らくこの場で無色だけだったろうけれど。

「ならば我々が取るべき行動は、まず騎士アンヴィエットに使者を送ることかと存じます。彩禍様に決闘に応じる意思があることを伝えつつ、時間を稼ぐための」

「なるほど。しかし誰が行く？　奴《やつ》が交渉に応じるとも限らぬ。危険な役になるぞ」

「は。この役は、わたしと無色さんにお任せいただければと」

「な……っ！　ちょっと、なんであなたと兄様なのよ！」

驚いたように声を上げたのは瑠璃《るり》だった。

「わたしは彩禍様の侍従ですので。騎士アンヴィエットと仲のよい無色さんには緩衝役になっていただければと」

黒衣がしれっとした調子で言う。無色は特別アンヴィエットと仲がよいというわけでもなかったのだが……まあ、皆の前で、無色は少し前まで彩禍だったから何かの役に立つかもしれない——とは言えないだろう。

とはいえ、瑠璃が引っかかっていたところはそこではないらしい。

「なんで兄様が行くのに私が入ってないの⁉」

「交渉と言っているのに騎士の方がいたら、話がこじれてしまうではありませんか」

「だからって……！」

瑠璃が言葉を続けようとしたところで、エルルカがその口をぎゅむと押さえた。

「ぬしらが時間を稼いでいる間に、彩禍の所在を探りつつ、その行動を待つ──か」

「はい。いかがでしょうか」

黒衣が言うと、エルルカは品定めをするような視線で黒衣を見たのち、首肯した。

「──よかろう。アンヴィエットの対応はぬしらに任せる」

「は。では、早速行動に移らせていただきます。──参りましょう、無色さん」

「はい！」

「んー！　んー！」

無色はくぐもった瑠璃の叫びを背に浴びながら、黒衣とともに中央司令部をあとにした。

「指定された場所は見代山《みしろやま》教導訓練所……でしたっけ。それってなんなんですか？」

「〈庭園《ていえん》〉の外部訓練施設です。確かにあそこならば戦う場所には事欠きませんし、宿泊施設もあります。相手を待ち構えるにはうってつけの場所でしょう」

「なるほど……じゃあ早速向かいましょう」

「はい。──ですが、一つ懸念《けねん》がございます」

先を歩く黒衣の言葉に、無色は目を瞬《しばたた》かせた。

「懸念……？」

無色が問うと、黒衣は人の目がないことを確かめるようにしてから続けてきた。

「彩禍様は、本当に捕まってしまったのではないか、ということです」

「な──」

黒衣の通告に、言葉を失う。そんな無色の様子を見るように、黒衣が後方を振り向いた。

「無論、通常の彩禍様であれば、賊に捕まることなど有り得ません。騎士エルルカの仰《おっしゃ》るとおり、何らかの思惑があると考えるのが自然でしょう。ですが、現状を鑑《かんが》みるに、いくら思考を巡らせても、彩禍様があえて虜囚となる理由が思い当たらないのです」

「な、なら、一体なんでこんなことに？　彩禍さんを捕まえられる魔術師なんて──」

「ええ。この世界に存在するはずがありません。──ですが、もしも彩禍様が、十全に魔術を扱えない状況だとしたら、どうでしょう」

「魔術が……扱えない？」

無色は訝《いぶか》しげに言ったあと、ハッと肩を震わせた。

無色が彩禍《さいか》と分離してから数日。思い返してみれば、無色は彩禍が魔術を使用したところを、一度も見ていなかったのである。

日常生活はもちろん、実技の授業も体調が優れないといって見学していた。急な分離の影響かと思っていたが、まさか——

「——可能性は考慮しておくべきでした。確かに、無色さんと彩禍様の身体《からだ》は二つに分離していました。恐らくは、図らずも行使された〈運命の輪《フォルトゥナ》〉の権能によって。ですが、それが融合前の状態に完全に戻っているという保証はどこにもなかったのです」

「そんな……でも彩禍さんは、そんなこと一言も言ってなかったじゃないですか！」

「気になるのはそこです。彩禍様は至極自然体でした。——まるで、そもそも自分の状態に気づいていなかったかのように」

「気づいていなかった……？」

無色が怪訝《けげん》そうな表情を浮かべながら問い返すも、黒衣はそれ以上答えようとはしなかった。自分の考えにまだ確証が持てないというようにも見えたし、今は話している時間が惜しいと判断したようにも見えた。

「……とにかく、今はできることをするしかありません。騎士アンヴィエットのもとに向かい、彩禍様が今戦える状態にないことを正直に言うしかないでしょう。彩禍様を助け出すのに協力──とは言わないまでも、もう一方が片付くまで待ってもらう他ありません」

「それ、信じてもらえますかね……？」

「それは……」

無色の指摘に、黒衣が渋い顔を作る。アンヴィエットは無色と彩禍が合体していたことも、彩禍が万全の状態でないことも知らない。嘘《うそ》と思われる可能性は高かった。

それに、もう一つ気になることがある。全ての前提にして、問題の根源。無色は難しげに眉根を寄せながら言った。

「……そもそもアンヴィエットさんは、一体なんでこんなことをしたんでしょう」

それは質問というよりも、疑問の発露と言った方が適当かもしれなかった。このような状況に陥ってなお、無色はあのアンヴィエットが事件を起こしたのだということが信じられなかったのである。

とはいえ動機など、本人に聞いてみなければわかるまい。無色も、その言葉に明確な回答が得られるなどとは思っていなかった。

しかし。黒衣は数秒沈黙したのち、やがて重々しく口を開いた。

「……あの騎士アンヴィエットがこのような事件を起こす理由は、わたしには一つしか思い当たりません」

「それは、一体」

無色が問うと、黒衣は短い逡巡《しゅんじゅん》ののち、口を開いた。

「一〇〇年前、騎士アンヴィエットの奥様が亡《な》くなったというお話はしましたね」

「はい。それが……？」

黒衣はすっと息を吸うと、

「——アンヴィエットの細君を手に掛けたのは、わたしだ」

彩禍の口調で以《もっ》て、その事実を口にした。

「な……っ⁉」

その言葉に、無色は思わず息を詰まらせた。

「彩禍さん……が？」

「…………」

黒衣が、無言で目を伏せる。

それを見て、無色は動悸《どうき》を落ち着けるように深く吐息した。

あまりに衝撃的な告白。だが、だからこそ冷静でなければならない。

そしてそれができるくらいには、無色は彩禍を信じていた。

「……教えてくれますか。一〇〇年前、一体何があったのかを」

「ああ」

黒衣は細く息を吐くと、覚悟を決めたように、滔々《とうとう》と語り始めた。

彩禍とアンヴィエットの、一〇〇年に亘《わた》る因縁の起点を。


「──それが、ことの顛末《てんまつ》だ」

「…………」

黒衣の話を耳にして。無色はしばしの間言葉を失ってしまった。よもや彩禍とアンヴィエットの間にそのような過去があろうとは、想像もしていなかったのである。

「もともとアンヴィエットはわたしに、強い恨みを抱いていた。わたしへの復讐《ふくしゅう》を考えてもおかしくはない」

「……〈運命の輪《フォルトゥナ》〉の力で、彩禍さんを殺そうっていうんですか?」

「いや──それならば、〈運命の輪《フォルトゥナ》〉にわたしの死を願えばいいだけだ。それをしていないということは、あくまで自分の手でわたしを倒したいのだろう。

決闘を挑まれるたび、わたしはアンヴィエットを煙《けむ》に巻いて、あしらっていたからね。〈運命の輪《フォルトゥナ》〉で世界を人質に取ったなら、本気で戦わざるを得ないと判断したのだろう」

「…………」

無色《むしき》が沈黙していると、黒衣《くろえ》は気を取り直すように「とにかく」と顔を上げた。

「今は一刻も早く動きましょう。復讐の相手が囚われているとわかれば、出方も変わってくるはずです。確かに真偽を疑われる可能性はありますが——」

が。

「——駄目です」

無色は、半ば無意識のうちに、黒衣の言葉に異を唱えてしまっていた。

「無色さん……？」

黒衣が不思議そうに名を呼んでくる。無色は我に返ったように、ハッと肩を揺らした。

「す、すみません。突然変なことを……」

「いえ。聞かせてください」

言って黒衣が、まっすぐ無色の目を見てくる。いつも冷静で超然とした黒衣には珍しく、

その声と表情には、どこか無色に縋《すが》るような色があるように思われた。恐らく彼女自身、

アンヴィエットの意思を量りかねているのだろう。

無色とて、確信があるわけではない。

けれど黒衣の話を聞いて、漠然とではあるが感じたことがあった。

「……俺に考えがあります。任せてくれませんか？」

無色は、決意をその表情に滲《にじ》ませながら、そう言った。

◇

「…………」

見代山に位置する〈庭園〉訓練施設の一角で、アンヴィエットは厳《いか》めしい顔をしながら腕組みし、相手を待ち構えていた。

巨大な練武場である。〈庭園〉西部エリアにあるそれよりも大きく、刻まれた傷も多い。あたりに人の姿がないためか、一見しただけでは廃墟《はいきょ》のように見えなくもなかった。

季節の上では初夏にさしかかろうという時期であるが、標高が高いためか空気は冷たい。山間にぶつかった風が、ごうごうと音を立てて辺りに吹き荒《すさ》んでいる。

一言で言うならば――アンヴィエットの戦いに、この上なく相応《ふさわ》しい場所であった。

施設にいた管理スタッフ及び、強化合宿のためここを訪れていた生徒たちには、丁重にお帰り願っていた。今ここにいるのは、アンヴィエットとスーリヤの二人のみである。

「おとうさん――」

スーリヤが、どこか不安そうに話しかけてくる。アンヴィエットは剣呑《けんのん》な表情をほんの少しだけ崩すと、そちらに目をやった。

「……どうした。腹が空いたなら宿舎の方に行ってろ」

アンヴィエットが言うと、スーリヤはふるふると首を横に振った。

「もしかして、スーに止めてほしいと思ってる……？」

「………………」

問い掛けるような、それでいて訴えかけるようなスーリヤの言葉に、アンヴィエットはしばしの間押し黙った。

「……悪《わり》ィな。おまえを巻き込むつもりはなかった。だが——」

言いながら、眉根を寄せ、ギリと奥歯を噛《か》み締める。拳には自然と力が入り、手の平に痛いほどに爪が食い込んだ。

「——それだけは聞けねェ。オレは、あいつをブチのめさなきゃ気が済まねェ」

「……おとうさん……」

悲しそうな様子でスーリヤが言った、そのときである。

アンヴィエットの対面側の入り口から、二つの人影が入ってきた。

見覚えのある顔。彩禍の侍従・烏丸《からすま》黒衣と、新入生の玖珂《くが》無色だ。

アンヴィエットは二人の顔を順に見ると、フンと鼻を鳴らした。

「よく来たな。――で？　久遠崎《くおざき》のヤツはどこだ？　いくら性悪とはいえ、まさか不意打ちを狙うほど姑息《こそく》じゃあねェだろう」

アンヴィエットが言うと、二人は無言のまま、一瞬視線を交わし合った。

そしてそののち、無色が、一歩前に進み出てくる。

「……なんのつもりだ？　言っとくが、オレはこれ以上の問答をするつもりはねェぞ。交渉も一切拒否する。オレを止めたければ、久遠崎に殺させるしかねェ」

「…………」

無色は、すうっと深呼吸をすると、カッと目を見開いた。

「――俺が、相手です」

「…………は？」

無色が何を言ったのかわからず、アンヴィエットは間の抜けた声を発してしまった。

すると無色はもう一度大きく息を吸い――

「彩禍さんの代わりに、俺が！　あなたを倒すと言っているんです！」

高らかに、そう宣言してきた。

「……テメェ、自分が何言ってんのかわかってんのか？」

アンヴィエットが、刃物のように研ぎ澄まされた目で睨《にら》み付けてくる。

気の弱い者なら、その視線だけで地面に膝を突いてしまいかねないプレッシャー。背中に、額にじわりと汗が滲《にじ》み、動悸が激しくなる。

しかし無色は、震えそうになる拳を強く握りしめると、その視線をまっすぐ見返した。

「はい。彩禍《さいか》さんと戦いたかったら、まずは俺を倒してください」

「だから、何がどうなったらそうなるんだよ」

アンヴィエットが苛立《いらだ》たしげに言ってくる。

無色は、力の限り叫びを上げた。

「──俺は！　彩禍さんのことが大好きだからです！」

「…………は？」

その宣言に、アンヴィエットはポカンと口を開けた。

ちなみに背後では黒衣が、無表情のまま、しかしどこかむず痒《がゆ》そうに直立している。

数秒ののち。アンヴィエットが、意味がわからないといった様子で渋面を作った。

「……いきなり何言ってやがんだ玖珂テメェ。頭でも打ったか？」

「訓練のときにちょっとしか打ってません」

「打ってんじゃねェか」

アンヴィエットは気勢を削《そ》がれたように頭をかくと、疲れたようにため息を吐《つ》いた。

「いいから、さっさと失《う》せろ。オレは本気だ。冗談に付き合ってる暇は——」

「もしも」

「あ？」

「もしも俺が、アンヴィエットさんの大切な人——たとえば、サラさんに決闘を申し込んだとしたら、どう思いますか？」

「……なんだと？」

言葉を遮るように無色が言うと、アンヴィエットは訝《いぶか》しげに眉を歪《ゆが》めてきた。

その表情は、無色の真意を量りかねているようにも見えたし、無色の口から自分の亡き妻の名が出てきたことに驚いているようにも見えた。

「テメェ、どういうつもりだ？」

「……無礼は承知の上です。でも、他に適切な人が思いつかなかったんです」

「何が言いてェ」

「もしもそんな状況になったとして——あなたは、ただ黙って見ていられるんですか？」

「…………っ」

無色の言葉に、アンヴィエットは小さく息を詰まらせた。

「そんなこと、できませんよね。俺も同じです。

──あなたに譲れないものがあるように、俺にだって大切なものがあるんです！」

無色が言うと、アンヴィエットは不快そうに表情を歪めた。

「前提が滅茶苦茶《めちゃくちゃ》だ！　テメェより久遠崎の方が明らかに強《つえ》ェだろうが！」

「力で劣ったら、好きな人を護《まも》ろうとしちゃいけないっていうんですか！」

「……ッ──」

無色が叫ぶと、アンヴィエットは微《かす》かに顔を強《こわ》ばらせ──

「…………はァ」

やがて、大きくため息を吐いた。

「……手加減はできねェぞ」

そして、視線を鋭くしながらそう言ってくる。それは、無色の想像通りの反応だった。

騎士アンヴィエット・スヴァルナー。〈庭園《ていえん》〉教師の中で、もっとも人相が悪く、もっとも口が悪く──もっとも優しい男。

そんな彼が、大切な人を護るために己の前に立った男の決意と覚悟を、笑うはずはなかったのである。

「もちろんです。そんなことをしたら、俺には勝てませんよ」

「………ハッ――」

嗤《わら》うでも、嘲るでもなく、挑発に正面から応ずるように、アンヴィエットが息を吐く。

それが、開戦の合図だった。練武場に立つアンヴィエットを中心に、膨大な魔力が渦を巻き、雷光のようにバチバチと弾《はじ》けていった。

「上等だ。一瞬で決着を付けてやる。せいぜい消し炭にならねェように気張りやがれ！」

アンヴィエットは腰を深く落とすと、弓を引くかのような構えを取った。

「第三顕現――【金剛纏鎧《ヴァーサラス》】ッ！」

その言葉とともに、アンヴィエットの背に、三画の光輪が形作られていく。見るも美しい、金色の界紋《かいもん》。その様は、あたかも後光が輝いているかのようだった。

それに合わせるように、アンヴィエットの身体《からだ》に魔力が纏《まと》わり付いていき、金色の鎧《よろい》へと姿を変えていく。――第三顕現。高位魔術師が発現する顕現術式の三。己自身を顕現体で鎧《よろ》う〈同化〉の位階。

あまりに神々《こうごう》しいその様は、今対峙《たいじ》している相手が途方もない怪物であることを、強制的に無色に理解させた。

そして。

「――行くぞ」

一瞬。否《いな》。瞬《まばた》きにすら満たない間の出来事であった。

「え――？」

前方一〇メートルは先にいたはずのアンヴィエットが、無色《むしき》の目の前に現れていた。

まるで、第三顕現を纏ったアンヴィエットの身体そのものが、雷光と化したかのように。

【雷霆杵《ヴァジュドーラ》】――《天霹矢《デーヴァ・シャルラ》》」

次の瞬間。事態に対応すらできていない無色の身体目がけて、いつの間にか周囲に浮遊していた四つの三鈷《さんこ》から、同時に電撃が放たれた。

「…………っ」

――練武場の中央に、凄《すさ》まじい電撃が炸裂《さくれつ》する。

それを見ながら、黒衣《くろえ》は微かに眉根を寄せた。

するとそれに合わせるように、前方に金色の鎧を纏ったアンヴィエットが現れる。

「……死んじゃいねェはずだ。早く医務室に連れてけ。常駐医は全員追い出しちまったが、テメェなら応急処置くらいはできるだろ」

ばつが悪そうにそう言って、アンヴィエットが頭をかく。両者納得ずくのこととはいえ、格下の相手を叩《たた》き伏せてしまったため、気分がよくないのだろう。

しかし、黒衣は静かに目を細めた。

「……一体なんのつもりですか、騎士アンヴィエット」

「あァ？　しゃしゃり出てきたのは玖珂の方だろうが。文句を言われる筋合いはねェぞ」

「そんなことを申しているのではありません」

黒衣は小さく首を振り、続けた。

「戦いが終わっていないのに相手に背を向けるなど、魔術師にあるまじき行為ですよ」

「何――？」

アンヴィエットが怪訝《けげん》そうに眉をひそめた、次の瞬間。

練武場中央に立ちこめていた土煙を裂くようにして、一条の光線が、アンヴィエットの頭部目がけて放たれた。

「――――っ!?」

アンヴィエットの身体が一瞬ぶれ、後方から放たれた光線を避ける。

しかしその攻撃は、彼の心肝を寒からしめるだけの力を有していたらしい。アンヴィエットは驚愕《きょうがく》の表情を以《もっ》て後方を振り返った。

するとそれに応ずるように、土煙の向こうに人影が揺らめく。

「玖珂《くが》、テメェ……その姿は」

アンヴィエットは、信じられないものを見たように目を見開きながらそう言った。

それには無論、必殺の一撃を受けていながら無色が健在であったことに対する驚きも含まれているだろう。

だがそれ以上に——彼は今、無色の姿に驚愕しているに違いなかった。

しかしそれも無理からぬことである。

何しろ無色の手には今、地球を模した巨大な杖《つえ》が、その身体には、魔術師のローブを思わせる衣が現れていたのだから。

そしてその頭上には、魔女の帽子の如《ごと》き円状の界紋が三つ、極彩色《ごくさいしき》の輝きを放っている。

そう。細部の形こそ違えど、それは紛れもなく——

極彩の魔女・久遠崎《くおざき》彩禍が誇る、第二顕現、及び第三顕現の姿であった。

◇

「——正気ですか？」

ときは、無色たちが訓練施設に至る前に遡る。

無色の『考え』を聞いた黒衣は、信じられないといった様子で眉根を寄せてきた。

「騎士アンヴィエットの相手を、彩禍様の代わりに無色さんが……？　相手は仮にもS級魔術師ですよ。勝負になるとは思えません」

にべもない言葉に、無色は力なく苦笑した。

「わかってます。でも、もし俺がアンヴィエットさんだったら……交渉や懐柔は絶対に受け入れないと思うんです。彩禍さんが正面から向かってこない限り、納得できません」

「今の無色さんは、彩禍様ではないではありませんか」

「……それも、わかってます」

でも、と無色は首を横に振った。

「アンヴィエットさんなら——きっと俺の覚悟を突っぱねたりはしないと思うんです」

「……適当なことを言っているわけではなさそうですね。何か根拠が？」

「根拠ってほどのものはありません。ただ——」

「ただ？」

「愛する人のために戦う男……だからですかね」

「…………」

「黒衣、痛いです。黒衣」

黒衣に耳たぶを引っ張られ、無色は弱々しい声を上げた。

「こんなときにふざけたことを仰《おっしゃ》るからです」

「ふざけてませんってば」

無色は渋い顔をしながら続けた。

「……そもそも、俺にはアンヴィエットさんが、本気で世界をどうこうしようとしているとは思えないんです」

「それは――」

無色の言葉に、黒衣は口ごもった。彼女もそれは薄々感じていたことなのだろう。

「要求に応えなければ世界を滅ぼす……なんて、あのアンヴィエットさんがするはずありません。でも、彩禍《さいか》さんなら、それを看破してなお、そんなアンヴィエットさんの覚悟に応じないわけがない――。そう考えたんじゃないでしょうか」

そう。それが無色の覚えた違和感の一つだった。アンヴィエットはこれだけのことをしながら、久遠崎彩禍を信じているように思われたのだ。

「………………」

黒衣が考えを巡らせるような仕草を見せたあと、息を吐いた。

「……仮にそうだとするならば、なおのこと、交渉が妥当なのではありませんか？　相手に〈運命の輪《フォルトゥナ》〉を使う意思がないのなら、わざわざ戦う必要はありません」

「それは駄目です」

「なぜですか？」

「彩禍さんならきっと、そんなことはしないからです」

「………………」

自信満々に無色が言うと、黒衣は無言になった。

そう。理由はどうあれ、アンヴィエットは彩禍との一騎打ちを望んでいる。

——久遠崎彩禍が、そんな弟子の思いを無下にするはずはなかったのである。

やがて黒衣は、ふうと息を吐いた。

「……やれやれ。わたしなら、か」

そして彩禍の言葉で以て、そう言う。

「その通りだ。これは困ったな。——長らく身体を明け渡している間に、君はわたし以上にわたしになってしまったようだ」

「彩禍さん……」

無色が感慨深げに名を呼ぶと、黒衣はふっと微笑《ほほえ》んできた。

「いいだろう。やってみたまえ」

「――はい！」

無色は、力強くうなずいた。すると黒衣は、冗談めかすように肩をすくめてくる。

「まあ、身体は分離しているんだ。仮に君がやられても、わたしの身体に影響は出ないだろう。万一のときは、骨くらい拾ってあげるとしよう」

「そ、そうならないよう頑張ります……！」

「ふ。まあ、もしかしたら――」

「え？」

「いや。――やるからには無様な姿を晒《さら》すことは許さないよ？」

「は、はい！」

◇

「彩禍様の術式――まさか、ここまで見事に」

土煙の中から姿を現した無色を見て、黒衣はぽつりと言葉を漏らした。

口調は落ち着いたものであったが、頬には汗が浮かび、心臓は興奮気味に高鳴っている。

とはいえそれも当然だ。何しろ無色が、無色の身体《からだ》のまま、彩禍の第二顕現及び第三顕現を発現させたというのだから。

顕現術式とは、従来の魔術とは異なり、『人間』そのものを構成式とした術式。たとえ膨大な魔力を保有していようと、その身体が、細胞が、遺伝子の塩基配列が異なれば、特殊な条件を満たさない限り、別人が同じ術式を発現することはあり得ない。

だが——ほんの僅かではあるが、彩禍の頭の片隅には、ずっと違和感があった。

確かに今、無色と彩禍の身体は分離している。

けれど、もしも彩禍が、魔力を十全に扱えないことで賊に捕まってしまったのなら——本来あるべき膨大な彩禍の魔力は、どこへいってしまったのか。

その答えが今、黒衣の目の前に、この上ないほど明確な形で示されていた。

滅亡因子〈運命の輪《フォルトゥナ》〉によって不自然に願いが叶《かな》えられた状態でなければ、きっと発現は不可能だったろう。今の無色は、無色でありながら彩禍という、矛盾した状態なのだ。

否、それだけではあるまい。黒衣は思い直した。

約三ヶ月の間、彩禍を模倣し、彩禍として生活し、彩禍の術式を用いて数々の強敵と戦ってきた無色でなければ——この奇跡は起こらなかったに違いない。

「無色《むしき》さん——」

空恐ろしい愛弟子《まなでし》の姿に、黒衣《くろえ》は知らず知らずのうちに拳を握りしめていた。

「……一体なんの冗談だ、こりゃあ」

練武場の中、改めて対峙《たいじ》したアンヴィエットが、訝《いぶか》しげに言ってくる。

その視線には、敵意と警戒、そして幾ばくかの好奇が込められているように思われた。

「これは……彩禍さんの……」

しかし、驚いているのは無色も同じだった。アンヴィエットの攻撃から反射的に身を守ろうとした瞬間、身体が彩禍の顕現体に覆われていたのである。

まるで、彩禍が無色を助けてくれたかのような光景。無色は思わず、感動に身震いしそうになった。

「…………」

だが、すぐに思い直す。――起こった現象を正確に把握し、冷静に受け止め、利用することこそが魔術師の基本であると、黒衣に教え込まれていたからだ。

だから無色は、不敵に微笑んでみせた。

「――さすがです。よく避けましたね。今の一撃で決着を付けるつもりだったんですが」

無論、ブラフだ。理由も、原因も、無色にはよくわかっていない。

それ以前に、無色は彩禍の顕現体を保っているだけで精一杯だった。こうして悠然と構えているだけで、魔力が、体力が、気力が、どんどん吸われていくような感覚に陥る。彩禍の身体で術式を使用していたときとは大違いだった。

しかし、無色は笑ってみせた。余裕を演じ、優雅な表情を浮かべてみせた。

理由は単純。――彩禍ならばきっと、こうするに違いないと思ったからだ。

「……フン」

アンヴィエットは、視線を鋭くして姿勢を低く取った。

「模倣……幻術……、どんな手品か知らねェが、今オレの前にアイツの術式を出すのが何を意味するのか、わかってんだろうなァ？」

「あなたの敗北ですか？」

「吐《ぬ》かせ」

言うが早いか、雷光が輝いたかと思うと、再度アンヴィエットの姿が掻《か》き消えた。

同時、上空から幾条もの雷が、無色目がけて降り注いでくる。

「く――」

無色は小さく息を詰まらせると、杖《つえ》の石突きを地面に打ち付けた。

瞬間、杖がぼんやりと光り輝き、練武場の地面が波打つように変容する。

硬い地面は無色を覆う膜のように広がると、天から注ぐ雷撃を遮断した。

彩禍の第二顕現、【未観測の箱庭《ステラリウム》】。世界を思うがままに変容させる魔女の杖である。

しかしながら無色の身体では、その力を十全には発揮できていないようだった。防護壁の合間を縫うようにして、雷撃が無色に迫る。

が、無色が身に纏《まと》った第三顕現【不確定の王国《アニマクラッド》】は、そのことごとくを弾いてみせた。

否《いな》――弾いた、というのは語弊があるやもれない。

雷撃は、第三顕現に触れる寸前で進路を変え、明後日《あさって》の方向に飛んでいったのだ。

『可能性』を操る彩禍の術式の加護。その法衣《ローブ》を纏った者は、尋常ならざる幸運によってその身を護《まも》られるのである。

この二つの顕現体がなければ、無色は恐らく最初の一撃でやられてしまっていただろう。

「久遠崎《くおざき》の術式――本物かァッ！」

電光の瞬《また》きとともに、虚空《こくう》にアンヴィエットの姿が現れる。爆《は》ぜるような輝きを纏って宙に浮くその姿は、さながら雷神のようだった。

「何をしたのかは知らねェが、久遠崎が噛《か》んでるのは間違いねェようだな……！　なら容赦はしねェ！　全力でブッ潰してやらァァァァァッ！」

アンヴィエットが絶叫を上げる。

その声と表情には、激しい怒りと、途方もない憎悪《ぞうお》――そして、それらさえも超えるほどの悲哀が滲《にじ》んでいるように思われてならなかった。

「……ぐ……！」

幾条もの雷撃を防ぎ、あるいは避けながら、【未観測の箱庭《ステラリウム》】で世界を変容させ、アンヴィエットを攻撃する。

目も眩《くら》むような光の攻防の中、無色は叫びを上げた。

「──アンヴィエットさん！」

「あァ……!?」

アンヴィエットが、苛立《いらだ》たしげに声を上げてくる。

「サラさんのことは気の毒に思います……！　それに彩禍さんが関わっていた以上、許せないのも当然だと思います！　でも、彩禍さんは──」

「──黙れッ！」

無色の言葉を遮るように、アンヴィエットが怒声を響かせた。

「知った風な口をベラベラ利《き》きやがって……テメェに何がわかる！　惚《ほ》れた女一人護れなかった無力感が……！　最愛の女が自分の腕の中で息絶える絶望が……！」

「それ、は──」

言われて、無色は言葉を詰まらせた。

アンヴィエットの言う通りだ。如何《いか》に言葉を連ねたところで、地獄を目《ま》の当たりにした当事者にとって、第三者の説得など安い綺麗事《きれいごと》に過ぎない。

だが。無色はぐっと奥歯を噛み締めた。

「──わかる、なんて軽々しくは言えません」

でも、と無色は続けた。

「最愛の人を助けられなかった経験は──俺にも、あります」

「……なんだと？」

アンヴィエットが訝しげに眉を歪《ゆが》めてくる。

そう。無色に、アンヴィエットの悲しみを、絶望を、知ることなどできはしない。

けれど無色もまた、最愛の人を目の前で失ってしまったことが二度、あったのである。

一度目は、都市迷宮の中で、血塗《ちまみ》れの彩禍《さいか》を。

二度目は──未来から来訪した彩禍を。

「俺は……無力でした。俺にもっと力があったなら、あのとき、あの人を救えたんじゃないかと思ったことは、一度や二度じゃありません。でも……だからこそ！　生きて……強くなって……！　彩禍さんの意志を継がないといけないんだ……！」

「何を意味のわからねェことを……！　あいつァピンピンしてるだろうが！」

アンヴィエットが困惑したように言ってくる。

しかしそれも無理からぬことだろう。アンヴィエットは無色と彩禍の融合はもちろん、未来の彩禍のことを知らないのだ。

「ていうかそれ以前に、なんでそこで久遠崎の名前が出てきやがる！」

「――俺は！　将来彩禍さんと結婚するからですよ！」

無色は勢いのままに、今日一番の大声を張り上げた。

「……大声で、何を」

目にも留まらぬ激しい攻防を見つめながら、黒衣は頰に汗を垂らした。

とはいえそれも当然である。何しろ戦いのさなか、無色が突然、大声でとんでもないことを叫び始めたのだから。

「…………………馬鹿」

黒衣は心の中で安堵《あんど》した。

無色の宣言が皆に聞かれなかったことと――

今の自分の表情が、誰にも見られなかったことを。

「さっきから何おかしなこと言ってやがる！　支離滅裂にもほどがあるぞ！　久遠崎の術式扱うために薬でも打たれてんのか⁉」

「失敬な！　彩禍さんのためなら自分から打ちます！」

「論点はそこじゃねェ！」

術式同士をぶつけ合いながら、アンヴィエットが絶叫を上げてくる。

無色は退くことなく声を返した。

「たとえばの話です！　愛する人のためなら、なんだってしてします！　それこそ、アンヴィエットさんと戦うことだって！　それは……あなただって同じでしょう⁉」

「…………ッ──」

アンヴィエットは息を詰まらせると、空中で再度構えを取り、全身に力を漲《みなぎ》らせた。

「──忠告はした。あくまでテメェがそのつもりなら、オレはテメェを久遠崎だと思って全力でブチ飛ばす……ッ！」

「…………っ」

──空気が変わる。

無色は肌がちりつくような緊張感に顔をしかめ、杖を握る手に力を込めた。

「【未観測の箱庭《ステラリウム》】……っ！」

アンヴィエットの下に広がる地面や、彼を包む大気が、無色の意に従うようにうねり、蠢《うごめ》き、アンヴィエットを攻撃する。

しかしアンヴィエットは、瞬き一つでそれらを弾《はじ》き飛《と》ばすと、手の平を大きく広げた。

「──命ずる《アーディシ》」

四つの三鈷《さんこ》が、衛星の如《ごと》く身体《からだ》の周囲を巡る。

「天上天下《てんじょうてんげ》の埒外《らちがい》。神の手の及ばぬ境界《きょうがい》。金色《こんじき》の園に我が城を築け」

それに従って、アンヴィエットの纏う電気が、強く、激しくなっていった。

「第四顕現──【金色天外涅槃郷《アクシャヤー・ニルスヴァルナ》】！」

アンヴィエットの背後に描かれた、後光の如き界紋。

その外縁に、一際《ひときわ》大きな四画目の光輪が姿を現す。

それと同時、彼の身体から放射状に電撃が放たれ、周囲の景色を一変させていった。

「これは……！」

眼下に広がるは、見渡す限りの雲海。幻想的な輝きを帯びた雲が、あたかも絨毯《じゅうたん》の如く敷き詰められている。

そしてその合間から、黄金に輝く宮殿の一部が顔を覗《のぞ》かせ、数え切れない数の三鈷が、幾重にも折り重なって天を巡っていた。

その様は、まさに極楽浄土。もしも無色《むしき》が、アンヴィエットが何をしたのか理解できていなかったならば、気づかぬうちに致命傷を負い、天に召されてしまったのだと思ったかもしれなかった。

──第四顕現。魔術師の秘奥《ひおう》にして、顕現術式の到達点。

己を中心とした空間を、自らの顕現体で塗り替える、最大最強の魔術である。

「く──」

一瞬目を奪われてしまいそうになるほどの、雄大にして優美なる光景。

しかしそれが第四顕現である以上、ただの美しい景色であるはずはなかった。

第四顕現の中に囚《とら》われるのは、相手の腹の中に収められるに等しい危機的状況である。一方的に

この状況を打破するためには、こちらも第四顕現を発現させるほかない。無色は己が身に宿った彩禍の魔力を引き出すように、手に力を込めた。

「あ……ぐ……っ⁉」

が、苦悶《くもん》とともに、無色は身体の動きを止めた。

否《いな》。自らの意思とは関係なく、身体が動かなくなった。

「──無駄だ」

声とともに、アンヴィエットが前方に現れる。

「生物の動作には、電気が必要とされる。微弱な電気信号が伝わることによって、筋肉は運動する。──いわば人体は、電気に支配されているといっても過言ではねェわけだ」

指を突きつけるようにして、アンヴィエットが続ける。

「【金色天外涅槃郷《アクシャヤー・ニルスヴァルナ》】は雷霆《らいてい》の浄土。この空間に取り込まれた者は例外なく、オレの魔力の影響下に置かれる。……わかるな？　テメェが生物である以上、この第四顕現が発動した時点で、勝負は決まってるんだよ」

アンヴィエットが微《かす》かに表情を歪めながら告げ、無色に背を向ける。

次の瞬間。上空で巨大な円を描いていた無数の三鈷から凄《すさ》まじい雷撃が放たれ、身動きの取れない無色に炸裂《さくれつ》した。

「ち……ッ──」

背後から響く凄まじい炸裂音と電光、そして焦げくさい臭いに、アンヴィエットは小さく舌打ちをした。

第四顕現【金色天外涅槃郷《アクシャヤー・ニルスヴァルナ》】。生物である以上逃れようのない雷の檻《おり》である。

アンヴィエットとて、ここまでするつもりはなかった。相手は〈庭園《ていえん》〉の生徒。しかも数ヶ月前編入してきたばかりの新人魔術師だ。彩禍の術式を扱っていたとはいえ、アンヴィエットの雷撃に耐えられるはずはない。

しかし、それは無色も承知の上だったろう。彼の目には、確たる覚悟と決意の光があった。だからこそアンヴィエットは、生半可《なまはんか》な攻撃で彼を挫《くじ》けるとは思わなかったし――彼の想《おも》いに報いなければならないと思ったのである。

互いに譲れないものを抱えた者同士が対峙《たいじ》してしまったのならば、あとはぶつかり合うしかない。アンヴィエットに退く気がない以上、この結末は避け得ないことではあった。

予想していたとおり、あまり気持ちのいい幕引きではなかったが――

「…………ッ!?」

次の瞬間、アンヴィエットはぴくりと眉を揺らした。

この領域は、言うなればアンヴィエットそのもの。空間に遍《あまね》く満ちた微弱な電気は、アンヴィエットの第六の感覚器となって、そこで起きたことをつぶさに伝えてくれる。

その感覚器が、捉えたのだ。――玖珂《くが》無色がまだ、倒れていないことを。

「――おおおおぉぉぉぉぉぉ――――ッ！」

裂帛《れっぱく》の気合いが、背後から響いてくる。

弾かれるようにそちらを見やると、そこに、アンヴィエットの電撃を浴びたはずの無色の姿があることがわかった。

もう第三顕現は纏《まと》っておらず、先ほどまで手にしていた杖《つえ》もう、ない。

代わりにその手には、硝子《ガラス》のように色のない、一振りの剣が握られていた。

「なんだと――」

その異様な姿にも驚いたが、まず第一に信じられなかったのは、この第四顕現下において、彼が己の意思で動いていることだった。

彩禍の第三顕現が想定以上の効果を発揮したということだろうか。それとも、アンヴィエットが自分でも気づかぬうちに手心を加えてしまっていたのか。

いずれにせよ、無色は倒れていない。そしてその目には、未《いま》だ火が灯《とも》ったままだった。

ならば、まだ終わりではない。アンヴィエットは即座に意識を切り替えると、無色に向き直り構えを取った。

「【雷霆杵《ヴァジュドーラ》】！」

アンヴィエットの声に応え、金色の三鈷が雷撃を放つ。

「――っ！」

しかし無色が剣を一閃した瞬間、無色に迫っていた必殺の雷撃が、悉《ことごと》く消え失《う》せた。

「何──」

思わぬ光景に、小さく息を詰まらせる。

その隙に、無色は足を踏み込み、アンヴィエットに迫ってきた。

「──【零至剣《ホロウ・エッジ》】……ッ！」

「く……！」

あの剣に触れてはならない。アンヴィエットの本能が警鐘を鳴らす。

それゆえ一瞬、アンヴィエットは剣筋を捉えようと、目でその刀身を追ってしまった。

──無色が手放した、宙を舞う剣を。

「な……」

アンヴィエットがそれに気づいたとき、無色はアンヴィエットの懐《ふところ》に入り込むと──

「パー……！」

そう言って、平手で、アンヴィエットの胸元を叩《たた》いてきた。

しかし──それだけだ。

無色がアンヴィエットの注意を引くために投げ捨てたと思《おぼ》しき剣が、一拍遅れて雲海に落ち、キラキラと光を残して消えていく。

「……なんのつもりだ？」

「──俺の……いえ、俺と彩禍《さいか》さんの、勝ちです」

無色は小さく微笑《ほほえ》みながら言うと、追撃を繰り出すように身を沈めた。

しかし、そんな行動を許すアンヴィエットではない。すぐさま身体を雷光と化して距離を取ると、剣を失った無色目がけて声を発した。

「《天霹矢《デーヴァ・シャルラ》》──」

それに従い、無数の雷撃を放つ。金色の雷は瞬《またた》く間に、無色の身体を貫くはずだった。

が──

「…………ッ!?」

一瞬、アンヴィエットには何が起こったのか理解できなかった。

そう。有り得るはずがないのだ。

──アンヴィエットが放った必殺の雷撃が、アンヴィエット自身に降り注ぐなど。

「……は……あ……っ──」

凄《すさ》まじい雷光とともに、目の前の景色が掻《か》き消え、練武場へと戻っていく。

それを見ながら、無色はぐらりと身体を揺らし、その場に倒れ込んだ。

「無色さん——」

後方から、黒衣《くろえ》が駆け寄ってくる。無色は意識があることを示すために手を上げようかと思ったが、身体が上手《うま》く動いてくれなかった。結局、黒衣の手によって助け起こされることになってしまう。

「……大……丈夫……です。それより……」

無色は掠《かす》れた声を上げると、前方を見やった。

そこには、自らの雷撃の直撃を受けたアンヴィエットの姿があった。

身体は黒く煤《すす》け、顔をうつむけていたが、無色とは異なり地に膝すら突いてはいない。

その堂々たる威容に、無色は思わず息を呑《の》んだ。

「無色さん、まさか」

「……はい」

黒衣の言葉に、小さくうなずく。

——あのとき。アンヴィエットの第四顕現によって動きを封じられた無色は、すんでのところで、己自身の第二顕現【零至剣《ホロウ・エッジ》】を顕現することに成功した。

顕現体を消去する力を持つ【零至剣《ホロウ・エッジ》】ならば、身体《からだ》を縛る電流をも無効化してくれるのではないかと考えたのである。

【零至剣《ホロウ・エッジ》】が顕現した瞬間、その刃《やいば》が無色の腕に触れたのは偶然としか言いようがない。

恐らく彩禍の【不確定の王国《アニマクラッド》】が、その『可能性』を引き寄せてくれたのだろう。

果たして身体の自由を取り戻した無色は、間一髪のところで難を逃れたのである。

しかし、それだけだ。状態がマイナスからゼロに戻っただけ。否、顕現体を消し去る【零至剣《ホロウ・エッジ》】は、電流とともに【未観測の箱庭《ステラリウム》】と【不確定の王国《アニマクラッド》】さえも消し去ってしまった。むしろ状況は悪くなったと言っていいだろう。

無色があの状況を覆《くつがえ》すためには、やはり第四顕現しかなかったのだ。

「――彩禍様の第四顕現を？」

黒衣もその考えに至ったのだろう。神妙な顔でそう問うてくる。

「はい。でも……俺の身体では、完全な彩禍さんの第四顕現は発現できませんでした」

言いながら、手の平を掲げる。

「できたのは――ここに収まるくらいの、針みたいに小さな領域だけです」

そう。景色を塗り替える勇壮な第四顕現とは比べるべくもない、小さな顕現体。

しかしながら、それは紛れもなく、魔女・久遠崎《くおざき》彩禍が誇る第四顕現であった。

無色《むしき》は【零至剣《ホロウ・エッジ》】を囮《おとり》にすることによって、その小さな領域を、アンヴィエットに直接叩きつけたのだ。

——第四顕現【可能性の世界《ヴォイド・ガーデン》】。その力は、可能性の観測と選択。

アンヴィエットほどの魔術師が、魔術の制御を誤ることなど、万に一つもあり得まい。

しかし、億に一つ。兆に一つ。京に一つならば——あり得るかもしれない。

そして彩禍の第四顕現は、ほんの僅かでも可能性がある限り、その未来を引き寄せるのである。

「……黒衣の言うとおりでした」

「え？」

「やっぱりじゃんけんは、出せる手が多くないといけません」

無色が力なく笑いながら言うと、黒衣は一瞬目を丸くしたのち、珍しく唇の端に笑みを浮かべてきた。

と——そのときであった。

「……サ、——ラ、——」

前方から、掠れた声が響いてきたのは。

見やると、顔を俯《うつむ》けるように仁王立ちしていたアンヴィエットが、微かに身体を震わせていることがわかった。

◇

「――アン――」

「…………」

「――ねえ、アンったら」

「……ん――ああ、聞いてるよ」

アンヴィエット・スヴァルナーは、寝惚《ねぼ》け眼《まなこ》を擦りながら、その呼び声に応えた。

――見慣れた王宮の一室である。煌《きら》びやかな装飾の施された絨毯《じゅうたん》の上に、上等な調度品が配置されている。

「本当に？　随分気持ちよさそうに寝ていたみたいだけど」

からかうように言ってきたのは、アンヴィエットの肩を揺すっていた少女だった。

目鼻立ちの整った貌《かお》に、美しい黒髪。アンヴィエットと同じ褐色の肌を、精緻な意匠が施された民族衣装と装身具で飾っている。

サラ・スヴァルナー。昨年アンヴィエットと婚姻を交わしたばかりの妻である。

「本当だよ。――ていうかアンは止《や》めろって」

「ええ？　可愛《かわい》いじゃない」

「だからだよ」

可笑《おか》しそうに微笑むサラに、アンヴィエットは不服そうに唇を尖《とが》らせた。

「オレだってもう大人なんだ。いつまでもそれじゃ困るんだよ」

アンヴィエットは去年、この国の年齢で成人を迎えている。妻も娶《めと》り、名実ともに大人の仲間入りを果たしたのだ。……が、この二つ年上の姉《あね》さん女房《にょうぼう》は、いつまで経《た》ってもアンヴィエットのことを、その可愛らしい名で呼ぶのだった。

「そっか……ごめんね。そんなに嫌がっていたなんて知らなかったの」

アンヴィエットの言葉に、サラがしょんぼりと肩を落とす。そのあまりの落ち込みように、アンヴィエットは思わず焦《あせ》ってしまった。

「あ、や……オレ自身が嫌ってわけじゃなくてだな、周りに示しが付かないというか……」

「……じゃあ、二人のときは呼んでもいい？」

「え、いや、それは」

「やっぱり嫌なんだ……ごめんね気づけなくて……こんなんじゃ妻失格だよね……」

「わ……わかったよ。二人のときだけな」

アンヴィエットが折れると、サラは途端に顔を上げ、ニコーッと笑みを作ってみせた。

「やったぁ。アン大好き」

「あ……っ、ま、また騙《だま》したな……！」

「騙してなんてないよ。アンの優しさに救われただけ」

調子のいいことを言って、サラが微笑む。アンヴィエットは大きくため息を吐《つ》いた。

「あれ――」

と、そこで、サラが目を瞬《しばたた》かせる。

どうやら机の上に散らばった何冊もの本や帳面に気づいたらしい。

「もしかして、お勉強してたの？」

「……ぐ」

あまり見られたくないものを見られてしまった。頰を染めながら視線を逸《そ》らす。

アンヴィエットは王族ではあるものの、傍系の第三王子。本来であれば王位継承に絡《から》めるような序列ではない。それゆえ、礼儀作法や教養こそ叩き込まれていたものの、他の王子たちに比べれば、比較的おおらかな環境で育まれてきた。

しかし去年サラと結婚してからというもの、アンヴィエットより序列が上の王子たちが、立て続けに出奔したり、醜聞を流して失脚したりを繰り返し、あれよあれよというちに王位継承者に祭り上げられていたのである。

アンヴィエットとしては複雑な思いもなくはなかったのだが、アンヴィエットの臣下たちは、サラ妃は幸運の女神の生まれ変わりなのではないかとこぞって噂《うわさ》していた。

とはいえ、呑気《のんき》なことばかり言ってもいられない。もしも本当に王位を継ぐとなれば、身につけねばならないことは山積みだったのである。

「……別に勉強ってほどのことじゃない。ただ、もしオレが臣民なら、政治のいろはもわからないような馬鹿に王位に即《つ》いてほしいとは思わないからな」

「アン……」

アンヴィエットが言うと、サラは感極まったような調子で、手を胸元で組んだ。

「ああ、なんて健気《けなげ》なの。私のアン。……撫《な》でてもいい？」

「いらん。やめろ」

アンヴィエットは恥ずかしそうに返すと、そこで「ん？」と眉を揺らした。

サラは指や腕に幾つもの装身具を着けていたのだが、その中に一つ、変わった意匠のものがあったのである。

「その指輪――」

「え？」

「いや、不思議なものを着けてるなと思って」

「ああ、これは……ちょっとね。お守りみたいなものっていうか」

サラにしては歯切れの悪い調子でそう言って、指輪を隠すように手を重ねる。

その様子が妙に気にかかって、アンヴィエットは不機嫌そうに顔を歪《ゆが》めた。

「……誰かからもらったのか？」

「え？」

サラはキョトンと目を丸くしたが、やがて口元をニマニマと動かしてきた。

「気になるの？　もしかして他の男からもらったものかと思っちゃったの？」

「う、うるせ！　ちげーし！」

アンヴィエットは顔を真っ赤にしながら言うと、ぷいとサラに背を向けた。

するとサラが小さく微笑《ほほえ》み、アンヴィエットの背を優しく抱いてくる。

「──安心して。私が愛しているのは、後にも先にもあなただけよ、アン」

「…………………、おう」

アンヴィエットはどう答えてよいかわからず、顔を赤くしたままうなずいた。

するとサラが、するすると手をアンヴィエットの身体の前に回してくる。

「でも、そっか。アンがそんなに努力してるなら、私も次期王妃として頑張らないと」

「頑張る……？」

「うん。さしあたっては早めにお世継ぎを」

「ぶ……ッ！」

サラの言葉に、アンヴィエットは思わず吹き出した。

「い、いきなり何言ってやがる！」

「何って。王妃のもっとも大切な仕事といっても過言じゃないでしょう？」

「それはそうかもしれないけど……！」

叫ぶも、サラは構わず、アンヴィエットの身体に指を這《は》わせてきた。

「もう、別に初めてってわけじゃないのに、いつまで経っても初《うぶ》いわね。もしかして私がそういうのに弱いってわかっててわざとやってる？　可愛いやつめ……」

「何を勝手な――お、おい、やめ――」

と、そこで部屋の扉がノックされ、侍従が顔を出した。

「失礼します。殿下――」

あ、と侍従が言葉を止める。

「も、申し訳ありません！　ごゆっくりどうぞ……」

「だぁぁぁぁぁッ！　ちょっと待て！　勘違いしたまま去ろうとすんじゃねェ！」

アンヴィエットは慌ててサラの手を振りほどくと、侍従を呼び止めた。

「で⁉　用件は⁉」

アンヴィエットが促すと、侍従はサラに一礼したのち、話を再開した。

「拝謁の要請です。急な話なのですが、大臣が是非にと」

「拝謁？　今からか？　一体どこのどいつだ？」

「私も詳しくは存じ上げないのですが、なんでも極東の国より来た妖術使いとか何とか」

「妖術使いィ……？」

アンヴィエットは訝《いぶか》しげに顔を歪めた。急な拝謁というものだから、よほど重要な使者かと思ったのだが、随分と胡散臭《うさんくさ》い肩書きであった。

「……まあいい。行くぞサラ」

「はい」

アンヴィエットは不審に思いながらも、サラを伴って部屋を出た。

大臣も無能な男ではない。なんの理由もなく特例を認めたりはしないだろう。火急の用件であると見て間違いあるまい。まあ、もしかしたら単にその妖術使いとやらに鼻薬《はなぐすり》を嗅がされているだけという可能性もなくはなかったが。

そんなことを考えながら準備を整え、アンヴィエットとサラは謁見室の扉の前に立った。

『――アンヴィエット・スヴァルナー王太子殿下、ご到着です』

そんな言葉とともに、扉が開かれる。

アンヴィエットは胸を張り、ゆっくりとした歩調で歩いていくと、玉座の上に腰掛けた。

サラもまた、それに従ってアンヴィエットの隣に腰を下ろす。

ベールに隔てられた謁見室の下段には、暗色のローブを纏《まと》った人間が一人、跪《ひざまず》いていた。フードをすっぽりと被《かぶ》っているため、その顔はおろか、年齢や性別さえもわからない。

「不敬である。殿下を前に顔を隠すとは何ごとか」

そんな様を見てか、サラが強い口調で注意する。先ほど二人でいたときのような様子は微塵《みじん》も見られない。堂々たる王太子妃の姿であった。

「これは失礼。無作法者にて、平にご容赦を」

すると拝謁者は、ローブの裾から手を覗《のぞ》かせると、ゆっくりとフードを脱いでいった。

「――――」

それを見て、アンヴィエットは思わず息を呑《の》んだ。

フードに隠されていたのは、極彩色《ごくさいしき》の双眸《そうぼう》を備えた、美しい少女の貌《かお》だったのである。

「――お目にかかれて光栄です。アンヴィエット・スヴァルナー王太子殿下。わたしは魔術師。名を久遠崎彩禍《くおざきさいか》と申します」

少女――彩禍はそう言うと、薄い笑みを唇に纏わせた。

「魔術師……」

胡乱《うろん》な呼称を繰り返すようにアンヴィエットが言うと、彩禍は大仰に首肯した。

「はい。貴重なお時間をいただき恐悦至極に存じます」

「ふん……」

態度は恭《うやうや》しいものだったが、全身から匂い立つ嘘《うそ》臭さは隠しようがなかった。不審そうに顔を歪めながら、返す。

「それで、何用か」

「は。お話というのは他でもありません。――サラ妃が今、右手の中指にお着けになっている指輪を、わたしにお譲りいただきたいのです」

「……なんだと？」

極東より来訪した自称魔術師の不躾《ぶしつけ》な言葉に、アンヴィエットは渋面を作った。

「言うに事欠いて、我が妃の宝物《ほうもつ》を寄越せと？　随分と大胆な物乞いもいたものだ」

「無礼は承知の上でございます。ですがそれは、人の身には過ぎたもの。そのまま持ち続ければ、いずれサラ妃の身に災いが降りかかりましょう」

「何を……」

ただならぬ雰囲気を纏っていると思ったが、結局は口八丁で宝物を巻き上げようという類の輩《やから》であったようだ。アンヴィエットは警備の兵に、彩禍を摘まみ出させようとした。

「…………？」

が、そこでアンヴィエットは首を傾《かし》げた。サラの顔が、蒼白《そうはく》になっていたからだ。

「サラ……？」

「一体どこで……この指輪のことを知ったの？　あなたは何者……？」

「その指輪の名は〈運命の輪《フォルトゥナ》〉。持つ者に幸運をもたらし、願えば全てを叶《かな》える奇跡の指輪。――サラ妃には、心当たりがあるようですね？」

「…………っ！」

サラが息を詰まらせ、右手を左手で覆い隠す。まるで、魔術師の視線を嫌うかのように。

「しかしながら、それは魔性のもの。過ぎたる願いには代償が求められるが定め――」

「誰かある！　この無礼者を即刻連れ出せ！」

彩禍の言葉を遮るように、サラが声を荒らげる。するとそれに応ずるように、控えていた衛兵が彩禍を取り囲んだ。

しかし。

「――いい子だ。少し眠っていたまえ」

彩禍がそう言った瞬間、屈強な衛兵たちが、次々とその場に倒れ込んだ。

「ひッ――」

サラが怯《おび》えたように身を震わせ、その場から立ち上がる。

するとそれを追うように、彩禍が衛兵たちの脇を抜け、ゆっくりと近づいてきた。

「渡さない……！　絶対に渡さない！　これがなかったら、私は……」

「サラ、どうした！　落ち着け！　一体なんなんだ、それは！」

「アン――」

サラはアンヴィエットの方を見ると、今にも泣き出しそうな顔をしたのち、覚悟を決めたように眉を吊《つ》り上げた。

「指輪よ、私の願いを聞いて。この指輪は、永遠に私のもの。絶対に渡さない……！」

瞬間。サラの右手に塡《は》められていた指輪が、光を放った。

「――しまった！」

彩禍が声を上げ、手を掲げる。

すると彩禍の頭上に極彩色の紋様が生まれ、その手から一条の光線が迸《ほとばし》った。

しかし、その光線が炸裂《さくれつ》するより先に。サラの身体《からだ》は、淡い輝きを帯びた衣と、巨大な光輪に包まれていた。

「疑似顕現……！　滅亡因子を取り込んだか！」

「――――」

彩禍が渋面を作りながら叫ぶと、光に包まれたサラは、ふわりと浮かび上がり、そのまま彩禍から逃げるように、王宮の壁を突き抜けて空へ消えていった。

「逃がさない」

彩禍が視線を鋭くし、サラを追うように身体を宙に浮かせる。

「魔術師！」

突然目の前で展開された光景に呆気《あっけ》に取られながらも、アンヴィエットは喉を絞った。

「何が起こった⁉　サラは一体どうしたんだ⁉　おまえは……サラをどうするつもりだ⁉」

「…………」

アンヴィエットの叫びに、彩禍は数瞬の逡巡《しゅんじゅん》ののち、答えてきた。

「サラ妃は魔に魅入《みい》られてしまいました。ああなっては、もはや人間ではありません。

――そしてわたしは、滅亡因子を滅ぼさねばなりません」

「……！　待て！　それは――」

アンヴィエットが追いすがるように叫ぶも、彩禍は聞く耳を持たず、サラのあとを追って、その身を空に躍らせた。

——数十分後。

「はぁ……っ、はぁ……っ——」

数名の従者とともに、二人のもとへ辿《たど》り着いたアンヴィエットが見たのは、魔女の如《ごと》き衣に身を包んだ彩禍と——変わり果てた姿となったサラだった。

「サラ……！」

アンヴィエットは転がるようにサラのもとに走り寄ると、その姿を見て息を詰まらせた。

サラの身体は崩れ、断ち切られ、上半身しか残っていなかったのだけれど、その断面は淡く輝いており、血や骨が一切見えなかったのである。

しかしそれでも彼女は、アンヴィエットにとって愛する妻に変わりはなかった。随分と小さくなってしまった身体を抱き起こし、必死に名を呼ぶ。

「サラ！　サラ……！」

「……、——ア……ン……」

アンヴィエットの呼びかけに応えるように、サラが微《かす》かに目を開け、消え入りそうな声を発してきた。

「ごめん……なさい……、私――」

その言葉だけを残し、サラの身体は、アンヴィエットの腕の中で光と消えていった。

「あ、あ――」

悲哀と困惑。憤怒《ふんぬ》と混乱。様々なものがない交ぜになって、頭の中で暴れ回る。アンヴィエットはしばしの間呆然《ぼうぜん》と、妻を抱いていた手を見つめることしかできなかった。

「…………」

彩禍が――今し方最愛の妻の命を奪った魔術師が、ゆっくりと歩み寄ってくる。

そしてアンヴィエットの側《そば》に立った彩禍は、静かに言葉を零《こぼ》した。

「――言い訳はしない。わたしが彼女を殺した。憎んでくれて構わない」

先ほどまでの恭しいものとは違う砕けた口調。しかしアンヴィエットはそんな無礼には構わず、キッと彼女の顔を睨《にら》み付けた。

「サラに……何が起こった？」

「指輪と同化し、滅亡因子となってしまった」

「滅亡……因子……？」

聞き慣れない言葉に眉根を寄せると、彩禍は小さくうなずきながら続けてきた。

「この世界を滅ぼし得る存在の総称だ。あの指輪は、世界から莫大な代償を取り立てる代わりに、所有者の願いを叶える願望成就《じょうじゅ》装置だった。――如何《いか》な滅びの願いでさえも」

「願いを――叶える――」

アンヴィエットが呆然と繰り返すと、彩禍はもう一度首肯した。

「可逆討滅期間内であれば、滅亡因子が世界に及ぼした影響は『なかったこと』になるが――滅亡因子と同化してしまった彼女はその限りではない。

消滅した滅亡因子は、普通の人間の記憶にとどまることはない。気の毒だが、やがてあなたの頭からも、彼女の記憶は消えていくだろう」

「なん……だと……？」

アンヴィエットは、愕然《がくぜん》とした顔を作りながらその場に立ち上がった。

頭は混乱したままである上、彩禍の言っていることはまったく理解できない。

けれど『それ』だけは、聞き捨てるわけにはいかなかった。

「オレからサラを奪っただけでは飽き足らず、その記憶さえも奪おうというのか……!?」

「……世界があるべき姿を保つためには仕方のない機能なのさ。――滅亡因子の記憶をとどめておけるのは、それを排除し、世界を救う任を帯びた魔術師だけだ」

「な……」

彩禍《さいか》の言葉に、アンヴィエットはその場にくずおれるように手を突いた。――なぜだろうか。その言葉が嘘とは思えなかったのである。

「…………」

彩禍はしばしの間、痛ましそうな表情で無言を貫いていたが、やがて小さく息を吐き、嘲るように目を細めてきた。

「――哀れだね」

「なん……だと……？」

アンヴィエットは、眉根を寄せながら顔を上げた。

「貴様、今なんて言った……⁉」

「哀れと言ったのさ。実に無力だ。妻を殺され、地に伏すだけしかできないとは。これが王太子の姿だというのだからお笑いぐさだ」

「――ああああああぁぁぁぁぁぁぁぁ――ッ！」

アンヴィエットは懐《ふところ》から短剣を抜くと、腰だめに構えて彩禍に向かっていった。

しかし、剣先が彩禍に触れる寸前、アンヴィエットの身体は見えない手に押さえ付けられるように地面に張り付けられた。

「ぐ……が……ぁ——っ!?」

「おや、これは驚いた。屍《しかばね》かと思ったら、まだ気骨が残っていたようだ」

「殺す……殺してやる……ッ！　よくもサラを……！」

彩禍は「ふん」と鼻を鳴らすと、アンヴィエットに背を向けた。

「わたしを？　殺す？　それは不可能だ。——魔術師でさえないただの人間には」

「…………ッ……」

彩禍の言葉に、アンヴィエットは息を詰まらせた。

「……さっき、言ったな？」

「うん？」

「魔術師とやらになれば……滅亡因子を……サラの記憶をとどめておけると」

「ああ——言ったね」

彩禍が、背を向けたまま答えてくる。

「ならばオレを……魔術師にしろ……！　サラを忘れずにいるために……！　いつの日か貴様を殺すために……ッ！」

アンヴィエットは、血が滲《にじ》まんばかりに爪を立てながら、呻《うめ》くように言った。

◇

「……サ……ラ――、オレ……は――」

呆然と立ち尽くしながら、アンヴィエットが掠《かす》れた声を漏らす。――まるで、夢でも見ているかのように。

「――おとうさん！」

と、次の瞬間、そんな声が響いたかと思うと、スーリヤが、アンヴィエットの身体にしがみついた。

その様は、縋《すが》り付くというよりも、アンヴィエットの身体を支えるように――あるいは、その足を止めようとしているように見えた。

「もういいの。もう――やめて」

「スー……リヤ――」

忘我の淵《ふち》にあったアンヴィエットが、我に返ったようにスーリヤに視線を落とす。

そのタイミングに合わせるようにして、黒衣《くろえ》がすっくと立ち上がった。

「――騎士アンヴィエット。あなたと彩禍様の確執は存じ上げております。ですが――」

「…………」

アンヴィエットはしばしの沈黙ののち、ぽつぽつと言葉を発してきた。

「わかってる……久遠崎《くおざき》が悪いわけじゃねェことくらい、オレにだってな。あのときアイツが憎まれ役を買って出たのも、オレのためなんだろうさ……

だけど――知っちまったんだ。恐らくは、〈運命の輪《フォルトゥナ》〉の権能で……」

「知った……？　何をです」

黒衣が問うと、アンヴィエットは天を仰ぐように顔を上げ、続けた。

「――あのとき、オレがあの場に辿り着く前に、サラと久遠崎が交わした会話をだ……」

「…………っ」

アンヴィエットの言葉に、黒衣が小さく息を詰まらせた。

◇

「――すまない。こうなる前に、滅亡因子の所在を突き止められていれば」

一〇〇年前。

第三顕現を纏《まと》った彩禍は、悔恨を噛《か》み締めるように目を伏せながら言った。

「なぜ……あなたが……謝るの？　魔術師さん……」

すると、目の前に倒れたサラが、辿々《たどたど》しい調子で返してくる。

今し方の戦いによって、既にその身体《からだ》は半分以上が消失している。如何《いか》に滅亡因子と同化しているとはいえ、もはや息絶えるのは時間の問題だろう。

「全ては……私の責任よ。指輪に頼り……その力を捨てられなかった……私の弱さの……。ごめんなさい……嫌な仕事を……させてしまったわね……」

そう言って、サラは弱々しく微笑《ほほえ》んだ。

「最後に……ひとつだけ……お願いがあるの……」

「聞こう。わたしにできることであれば」

彩禍が言うと、サラは懇願するように続けた。

「アンに……教えないで……ほしいの。——私を、救う手立てがあったことを……」

「…………っ」

その言葉に、彩禍は思わず息を詰まらせた。

「サラ。君は」

「今……〈運命の輪《フォルトゥナ》〉は……私自身よ。その権能の性質くらい……理解しているわ」

言って、サラが笑う。

〈運命の輪《フォルトゥナ》〉は、所有者に幸運をもたらし、その願いを叶《かな》える滅亡因子。しかし、〈運命の輪《フォルトゥナ》〉と同化したサラは、もう自身の願いを叶えることはできなくなっていた。

だが、彼女の身体が完全に破壊される前に、第三者が願っていたならば——彼女と〈運命の輪《フォルトゥナ》〉を分離することができていたかもしれないのである。

しかし当然、願望の成就には代償が必要となる。

「私と……〈運命の輪《フォルトゥナ》〉の分離……それを願ったならば……きっと、願ったその人が、代わりに〈運命の輪《フォルトゥナ》〉と同化することになってしまう……」

そしてここには、滅亡因子を討滅する使命を帯びた魔術師がいる。

即《すなわ》ち、サラが救われるということは、誰かが代わりに死ぬということを意味していた。

それを知ったなら——アンヴィエットは、迷うことなく自らの命を差し出すだろう。

「お願い……アンは……優しい人だから……」

「…………わかった。約束しよう」

彩禍が言うと、サラは満足げに目を閉じた。

◇

「あのとき……オレが死ねば、サラが生き残る未来があったかもしれない。なのにオレは……何も知らないまま……こんな長い間……ッ！」

アンヴィエットが、嗚咽《おえつ》を漏らすような調子で声を絞り出す。

そのあまりに痛ましい様に、無色《むしき》は思わず眉根を寄せた。

「でも、サラさんも彩禍さんも、アンヴィエットさんのことを想《おも》ったからこそ――」

「わかってんだよンなこたァ！」

無色の言葉を遮るように、アンヴィエットが叫びを上げる。

それは、悲鳴のようにも聞こえたし、慟哭《どうこく》のようにも聞こえた。

実際、彼もそれを理解できていないわけではないのだろう。

サラはアンヴィエットのことを想っていたからこそ彩禍に願いを託し、彩禍も二人のことを慮《おもんぱか》ったからこそ、それを聞き届けた。

だが――そんな二人の想いを突然知ってしまったならば。

生き残ったアンヴィエットは、何を思うだろうか。

嗚呼《ああ》、ようやくわかった。

アンヴィエットは自棄《やけ》になって世界を滅ぼそうとしたわけでも、本心から彩禍に復讐《ふくしゅう》をしようとしていたわけでもなく。

ただ――無力だった自分が、許せなかっただけなのだ。

心に折り合いを付けられず、こうする他に、激情のぶつけ方がわからず――ぶつけられる相手を、彩禍以外に知らなかったのだ。

「──そんなこと、言わないで」

と。そんなアンヴィエットに、小さな声がかけられた。──スーリヤだ。

「スーリヤ……？」

「おかあさんは、喜んでるよ。おとうさんが生きていてくれたことを。おかあさんのことを忘れずにいてくれたことを──」

「え……？」

スーリヤの言葉に、アンヴィエットが目を丸くする。

とはいえそれも無理からぬことではあった。スーリヤの言葉は、アンヴィエットを慰めるためのものというよりも、直接サラに語られたものであるように思われたのである。

「…………なるほど。事情は理解しました」

と、無言を保っていた黒衣が、ふうと大きく息を吐く。

彼女はアンヴィエットの顔を見据えると、表情をぴくりとも動かさぬまま、続けた。

「──よくもこの大変なときにうじうじうじうじと。いい加減にしてくださいい馬鹿野郎」

「……は……？」

さすがに予想外だったのだろう。アンヴィエットが呆気《あっけ》に取られるように口をポカンと開ける。否《いな》、彼だけでなく無色も、黒衣らしからぬその言葉に驚いてしまっていた。

「騎士アンヴィエット。あなたの負けです。大人しく投降してください」

そして、アンヴィエットを真っ直《ます》ぐ見据えながら、きっぱりとした口調で言う。

……まあ、まだ明確に勝敗は決していないというか、満身創痍《まんしんそうい》の無色に対し、アンヴィエットは膝すら突いていないのだが……無色は余計なことは言わずにおいた。

魔術師の戦いとは心の削り合い。そして圧倒的に格下の無色に、アンヴィエットが必殺の第四顕現を破られたというのは事実である。

「……いや、おまえな」

「自分が愛されていたことにうじうじ悩み続ける者が、愛する人を護《まも》るために戦う者に勝てるはずがないでしょう」

「…………」

黒衣の言葉に、アンヴィエットは無言になった。

そして、十数秒の沈黙ののち。

「…………ハッ――」

スーリヤと黒衣、そして無色を順に見つめ、アンヴィエットは小さく息を吐いた。

黒衣の思惑に気づいていながら、あえてそれを受け入れるかのように。

「……テメェの言うとおりだ。経緯はどうあれ、入学数ヶ月の新人に第四顕現を破られたんだ。これ以上張れる意地なんざありゃあしねェ。煮るなり焼くなり好きにしな」

言って、大きく息を吐く。同時、彼の身体に装着されていた黄金の鎧《よろい》が消え失《う》せ、普段通りのスラックスとシャツに変貌した。

「別に煮るつもりも焼くつもりもありません」

「……あ?」

「緊急時を想定した訓練で、懲罰も何もないでしょう。まさに迫真の演技でしたよ騎士アンヴィエット。〈庭園《ていえん》〉の皆さんもまんまと騙《だま》されたようです」

「………はぁぁぁっ⁉」

しれっとした顔で発された言葉に、アンヴィエットは目を見開いた。

「ちょっと待て。一体何を言ってやがる。訓練だと……?」

「ええ。〈庭園〉内から造反者が出て、外部施設が占拠された場合を想定した対応訓練です。発案者の彩禍《さいか》様と、悪人面《あくにんづら》から犯人役に選ばれた騎士アンヴィエットしか詳細を知らなかったため、まさに本番に近い緊張感を味わえましたね」

……無論、そんなはずがあるわけがない。要は、やや無理矢理ではあるものの、黒衣は今回の件を不問に付すと言っているのである。

「ふざけんな！　オレは全て覚悟の上でやってんだ。今さら情けや施しなんざ――」

「情け？　施し？　何を勘違いしているのですか騎士アンヴィエット」

「あ……？」

「わからないのですか？　あなたは今、彩禍様に大きな借りを作ってしまったのですよ。これは楔《くさび》であり首輪です。あなたには、粉骨砕身〈庭園〉に尽くしていただきます」

言って、黒衣《くろえ》が無色の肩に手を乗せてくる。

事情を察した無色は、アンヴィエットを挑発するようなポーズを取ってみせた。

「そういうことですアンヴィエットさん。これからは彩禍さんの忠実なる下僕として、これまで以上に働くんですね。……って、なんだかそれちょっと羨ましいですね。ずるいですよアンヴィエットさんばっかり！」

「……さっきから何言ってんだテメェらは！」

アンヴィエットは手を戦慄《わなな》かせていたが、やがて諦めたように息を吐いた。

「……好きにしやがれ」

「…………！」

スーリヤが、アンヴィエットをぎゅうと抱きしめる。その嬉《うれ》しそうな様に、無色も思わず頬を緩めた。

が、いつまでもそうしてはいられない。黒衣が言葉を続けた。

「――では、好きにさせていただきましょう。騎士アンヴィエット。早速ですが力を貸していただきます」

「……あ？　何だってんだよ一体」

「彩禍様が〈サリクス〉と思われる一団に拉致されました。相手は彩禍様解放の交換条件にスーリヤさんを提示しています」

「な……っ⁉」

アンヴィエットが、驚愕《きょうがく》の表情を作る。

「何だそりゃあ！　久遠崎《くおざき》が拉致だと……⁉　ンなことあるわきゃねェだろうが！」

「詳細は後ほどお話しします。今はとにかく、〈庭園〉へ戻りましょう」

「でも……連絡がないってことは、まだ彩禍さんの居場所はわかってないんですよね？」

無色が不安げに言うと、黒衣はすっと目を細めた。

「それに関しては心当たりがあります。……一つ、大きな問題はありますが」

「問題、ですか。一体どんな？」

無色の問いに、黒衣はどこか不機嫌そうな顔を作った。

「――ものすごく気の進まない相手を頼らねばなりません」

第五章　世界が奪われちゃったの？

「喰良《くらら》さん、喰良さん。起きてくださいってば、喰良さん」

「……んむー……なんすか、きりたん」

身体《からだ》を乱暴に揺すられ、鴇嶋《ときしま》喰良は目を擦りながら身を起こした。

派手なピンク色にカラーリングされた髪を二つに括《くく》った少女である。耳にはじゃらじゃらとピアスやイヤーカフが群れを成し、手の爪にはマニキュアが施されていた。

今喰良がいるのは、都内某所にあるマンションの一室である。リビングに置かれたソファの上に大股を開きながら横たわり、ごごっ……しゅぴぴぴ……と寝息を立てていた。

一応お腹《なか》にタオルケットは掛けていたが、パンツは丸出しだった。

「ふぁあ……睡眠不足はお肌の大敵なんすよー。肌荒れしちゃったらどうするんすかー」

「ならまずメイクした状態で昼寝するの止《や》めた方がいいですよ。ていうか肌荒れどころか致命傷でも回復するでしょあなた」

「んもー、それとこれとは話が別っすよー。乙女心どっかに忘れてきたかー？」

「パンツ丸出しで寝てる人にだけは言われたくない……」

「なんだとこらー」

言って、ぷぇー、と唇を尖《とが》らせる。

そう。喰良は、ただ派手なだけの少女ではない。

魔術師にして動画配信者。そして神話級滅亡因子《マイソロジア》〈ウロボロス〉をその身に宿した、不死の人間だったのである。

先日〈庭園〉で大立ち回りを演じた彼女は、今や世界中の魔術師たちから追われるお尋ね者だ。しばらくの間身を隠すために、手頃なマンションに転がり込んでいたのである。

「……それで、何かあったんすか？」

「あ、そうでした。これ見てください、これ」

喰良が言うと、この部屋の家主である新井戸霧子《あらいべきりこ》が、分厚い眼鏡の位置を直してから、手にしたスマートフォンを示してきた。ちなみに霧子の持っているスマートフォンは、情報収集用に与えた眷属《けんぞく》のもので、魔術師専用サイトを閲覧できるようになっている。

一見普通の人間に見える霧子であるが、その実、殺しても死なない『不死者』である。

喰良が潜伏場所を確保するために彼女から『死』を奪い、眷族《けんぞく》と化したのだ。職業はイラストレーター。喰良に選ばれた理由は、平日の昼間から家に籠もっていたからだった。

「ほらこれ、この動画。喰良さんの言ってた子じゃないですか?」

「んお……?　むしピじゃないっすか。めずらしーっすね」

そう。霧子が表示させていたのは、魔術師専用動画サイト『MagiTube《マギチューブ》』の画面だったのだが、そこに喰良の彼ピ(喰良称)、玖珂無色《くがむしき》の姿があったのである。

〈庭園〉の制服を纏い、どこか緊張した面持ちで直立している。その初々《ういうい》しい様に、思わずキュンとしてしまう喰良だった。

とはいえ、今はもっと気になることがあった。

その動画のタイトルが、『クララへ』だったのである。

「ふーん……?　アタシ様へ……っすか。なんでしょね。はっ、もしや愛の告白とか?」

やーん、困るっすねー、と身をくねらせながら、再生ボタンをタップする。

すると、動画の無色が、微《かす》かに震える声で喋《しゃべ》り始めた。

『第二顕現一文字目。第四顕現四文字目。図書館地下決戦の階層――』

などと、暗号のような言葉を発し、三〇秒程度で動画は終了した。

「……?　なんですかね、これ」

「ほっほーん……?」

喰良はそう言うと、画面をスクロールさせて、動画のキャプションを見やった。

　そこには、謎のURLが記されている。タップしてみると、真っ白な画面に、文字を入力するウインドウだけが表示されたページへジャンプした。

「なるほど。パスワードっすか。アタシ様にだけメッセージを送りたいみたいっすね」

「わかったんですか、今の暗号」

「まあ、暗号ってほどのこともないっす。あのときあの場所で戦った人間にしかわからないようにはなってますけど。ええっと……」

　自分のスマートフォンに同じ画面を表示させ、パスワードを入力していくと、霧子が驚いたように声を上げた。

「えっ、正解入力しちゃって大丈夫ですか？　居場所特定とかされません？」

「アタシ様のスマホからの通信は全部、複数の海外サーバーを経由して接続元がどこかわからないようにしてあるんで大丈夫だと思うっす」

「え、そんなことしてたんですか。すごい」

「ぶっちゃけ原理はよくわかんないっす。技術者の不死者《おなかま》にやってもらいました。おかげで通信速度はちょっち遅いんすけど、〈庭園〉にシル姉がいる以上しゃーないっすねー」

　言いながら入力を終え、送信ボタンを押すと、画面に簡潔な文章が表示された。

「ほー？」

喰良は眉を跳ね上げた。そこには、とある情報と引き換えに、凍結されている喰良のMagiTubeアカウントを復活させる用意がある旨《むね》が記されていたのである。

「アタシ様と取引しようってワケっすか。いい度胸してますねー。——にしても、〈サリクス〉のアジトの場所を教えろ、っすか。むしピったらはぐれ魔術師とトラブル？　やーん、大人しそうに見えて実はワイルド？　ぐへへ、たまんねーっすね」

「なんだか怪しいですね……どうします？」

「んー」

喰良は適当に返事をしながら、とある番号へと電話をかけた。

「——あ、もしもし。ダグっち？　アタシ様っすアタシ様。……は？　誰がアタシ様アタシ様詐欺っすか。今魔術師界で一番ホットな女、鵯嶋喰良たぁアタシ様のことっすよ。ほら、前ダグっちの組織に入らないかって勧誘あったじゃないっすかー。あれ考えてあげてもいいっすよ。ええ。んー？　どういう風の吹き回し？　やー、ちょっち派手にやり過ぎちゃいまして。まあ所属ってよりかは、そっちが安全な潜伏場所を用意してくれるなら、お仕事手伝うくらいはしてもいいって感じっす。ギブアンドテイクといこうじゃないっすか。——ええ、はい。とりあえず一回会いましょ。伺いますよ。今どこにいます？」

必要な情報を聞き出し、喰良は電話を切った。

「うっし情報ゲーット。じゃあきりたん。撮影の準備お願いします」

「ちょ、ちょ、ちょ」

喰良がさらりと言うと、霧子が慌てた様子で止めてきた。

「い、今どこに電話してたんですか？」

「ダグっちっすけど。――って、それじゃわかんないか。〈サリクス〉のボスっす。ちょうど知り合いだったんで、わざわざ眷属使って居場所探す必要もないかなーって」

「な、仲間を〈庭園《ていえん》〉に売るんですか⁉」

「え？」

喰良が何を言っているのかわからないといった顔でキョトンと首を傾《かし》げると、霧子は戦慄したように汗を滲《にじ》ませた。

「別にはぐれ同士ってだけで仲間ってわけじゃありませんし、自分の居場所ペラペラしゃべっちゃう方が迂闊《うかつ》なんすよ。アタシ様のＭａｇｉＴｕｂｅアカウント復活ってのも美味《おい》しいっすしねー。それに――」

「……そ、それに？」

「ダグっちよりむしピの方が好みですし」

やーん、と身を捩《よじ》りながら言うと、霧子は「やっぱヤベーわこの人……」という顔で喰良を見てきた。

◇

『やっぴー！　クララちゃんねるの時間っすよー！　クラクラメートのみんな、今日もクラクラしちゃってるー？』

〈庭園〉に向かう車中で。

黒衣《くろえ》の手にしたスマートフォンから、底抜けに明るい声が響いてくる。

そこに映っているのは、動画配信者クララこと、魔術師・鴇嶋喰良だった。

『――と、いうわけで、予定にない緊急生放送っす。いやー、なんか急に時間できちゃいまして。今日はいただいたコメントに返信していきたいと思うっす。ええとなになに？

「一体なんのつもりだ滅亡因子」？　あっはっは、うるせーブッ生かすぞ☆』

笑いながらそう言って、喰良が中指を立ててみせる。一拍おいて、その手元にモザイクがかかった。生放送なので処理が大変そうだった。

ちなみに、生放送を行っているアカウントは喰良のものではない。恐らく眷族のものを使っているのだろう。無名アカウントの突発的な生放送だったため、最初は視聴者数も大した数ではなかったのだが、やがて喰良が配信をしているということがＳＮＳで広まったのか、どんどん増加していった。

とはいえ、配信内容自体は別にどうでもいいようだ。黒衣は動画自体にはさして興味を示さず、概要覧に記されたＵＲＬをタップした。

すると、文字を入力するウインドウだけが表示されたページが表示される。

「ふむ……何も指示がないということは、パスワードはこちらの使い回しでしょうか」

黒衣がそう言いながら文字と数字を入力し、送信ボタンをタップする。

すると画面が切り替わり、とある住所が記されたページが表示された。

「これは……」

隣の座席から画面を覗《のぞ》き込みながら無色が言うと、黒衣は淡々と答えてきた。

「――〈サリクス〉のアジトの場所です」

「……！　それって……」

「……〈ウロボロス〉の野郎が、こっちに協力しやがったってのか？」

訝《いぶか》しげな顔をしながら言ってきたのは、後方の座席に座るアンヴィエットだった。今は無色と同じく、身体の各所に包帯が巻かれている。

「一方的な協力というわけではありません。超法規的な取引といった方が近いでしょう。――無論、彩禍《さいか》様が囚《とら》われているという情報は伏せていますが」

黒衣が半眼を作りながら言う。確かに喰良《くらら》は彩禍を敵視していた。彩禍の救出が目的と知られていたなら、アカウントの復活を餌にしたとしても、動かなかったかもしれない。

「にしても、こんなにすんなり、〈庭園〉も摑《つか》めていなかった情報が出てくるなんて」

「鴇嶋《ときしま》喰良が情報網の構築を重視していたことは、先の襲撃及び、〈リヴァイアサン〉の件でわかっていました。生物を眷族と化すことで、どこにでも自らの『目』を配置できるのだから、始末が悪いどころの話ではありません。その他にも、こちらの知らないコネクションを持っている可能性があります。蛇の道は蛇とはよく言ったものです」

「なるほど。〈ウロボロス〉だけにってことですか」

「………………」

「痛い。痛いです黒衣」

ほっぺをつねられ、無色は声を上げた。

黒衣はやれやれと息を吐くと、「とはいえ」と続ける。

「はぐれ魔術師同士、鴇嶋喰良と〈サリクス〉に繋《つな》がりがある可能性も否定できません。その場合、この住所の場所には罠《わな》が張られている可能性があります」

確かに黒衣の言うとおりであった。もしも知り合いの情報を、共通の敵である〈庭園〉になんの躊躇《ためら》いもなく流しているとしたら、相当ヤバい奴《やつ》である。……まあ、それもある意味喰良らしくはあったけれど。

「もし罠だったらどうします？」

無色が問うと、黒衣は表情を変えぬまま言ってきた。

「無論、それごと叩《たた》き伏せるまでです」

◇

「──〈庭園〉側から連絡は？」

暗い地下室の中、彩禍の向かいに腰掛けた長身の女──朱殷《シュアン》が、背後に控えた〈サリクス〉の構成員に話しかける。

スーツ姿の男は、緊張した様子で返答した。

「いえ……今のところは何も」

「ふうん……？」

朱殷はあまり興味なさげにそう言うと、ゆらりと椅子から立ち上がった。

そして、ゆっくりとした足取りで、拘束された彩禍の方に歩み寄ってくる。

「あなたのお仲間は薄情者？　それとも、助けさえ不要と思っているのかしら……？」

「ミズ・朱殷……あまり彼女に近づかない方が……」

構成員が、微《かす》かに震える声で注意してくる。

が、朱殷はまったく気にした素振りも見せず、彩禍にずいと顔を近づけてきた。

「あなた、本当に最強の魔術師？」

「…………」

朱殷が、彩禍の顔を舐《な》めるように見つめながら言ってくる。彩禍はその異様な様に戦慄を覚えつつも、無言と無表情を以《もっ》て返した。

「どうも……不思議な感じなのよね。ウィローズはあなたのことを大層怖がっていたようだけれど、さほど魔力を感じない。最強というのはただのブラフ？　それとも、何か他に特別な理由があるのかしら？　──気になるわね。こう見えて好奇心は旺盛な方なの」

言って長い髪と包帯の合間から、ぎょろりと無機的な目を覗かせる。

「さあ、私の目を見て。そして教えてちょうだい。あなたが隠していることを──」

朱殷が赤い唇を笑みの形に歪《ゆが》めた瞬間、彼女の目が幻想的な輝きを帯びた。

「…………ッ──」

全てを──それこそ彩禍の思考までをも見透かすかのような、不吉なる輝き。

途方もない不快感を覚え、彩禍は思わず身を捩った。

「……？　これは……」

と。朱殷が訝しげに眉根を寄せた、そのとき。

上階の方から、ずずん……という重い音が聞こえてきたかと思うと、けたたましいブザーが辺りに鳴り響いた。

「……何ごと？」

朱殷が長身を起こしながら振り返る。

すると部屋の入り口に控えていた男は、慌てた様子で通信機を手に取り、二、三言葉を交わしたのち、絶望的な表情を浮かべながら叫びを上げた。

「し、襲撃です！　〈庭園〉の魔術師が、ここに攻めてきました……ッ！」

◇

──東京都の南端に位置する雑居ビルは今、戦場と化していた。

魔術師の扱う第一及び第二顕現の魔力光が、あるいは拳銃や機関銃の弾が、壁を砕き、ガラスを割り、床を、天井を抉《えぐ》る。それらの巻き起こす暴風雨の如《ごと》き轟音《ごうおん》に交じって、怒声や悲鳴が響いていた。

ビル内にいる〈サリクス〉側の人員は、予想で約三〇名。

対する〈庭園〉側の突入隊はわずか四名。うち戦闘員は三名のみ。

突入に際し、認識阻害及び忌避結界を張るとはいえ、街のど真ん中で大規模戦闘を行うわけにもいかなかったため、あまり大人数を投入することはできなかったのである。

戦力差は単純比較で一〇倍。

戦いは一方的なものだった。――〈庭園〉側の、圧勝である。

だがそれも当然と言えば当然ではあった。

何しろ突入隊の中には、〈庭園〉最高戦力である騎士が、二人も含まれていたのだから。

瑠璃《るり》が変幻自在の炎の薙刀《なぎなた》を振るい、廊下の先から放たれた無数の銃弾を消し炭と化すと、それに合わせるようにアンヴィエットが雷撃を放ち、敵の一団を無力化した。

「【燐煌刃《りんこうじん》】!」

「【雷霆杵《ヴァジュドーラ》】!」

一糸乱れぬコンビネーション。普段は反目し合うことの多い二人であるが、目的を同じくしたときの動きは見事の一言だった。

「ま、待て! 久遠崎《くおざき》彩禍がどうなっても――」

「うるせェ」

最後に残っていた痩せぎすの男に、アンヴィエットが雷撃を放つ。男は「ぶぎゃっ!」と悲鳴を上げると、そのままがくりと床にくずおれ、それきり動かなくなった。

もう一人の戦闘要員である無色《むしき》は、そんな二人の快進撃を、後方から呆然《ぼうぜん》と眺めることしかできていなかった。

「すごい……」

「〈庭園《ていえん》〉が誇る最上位魔術師が二人も揃《そろ》っているのです。当然でしょう」

隣に控えた突入隊最後の一人、黒衣が言ってくる。語調はいつもながら淡々とした調子だったが、どこか誇らしげな色が滲《にじ》んでいるように思われた。

「──ふん。安心しました。勘は鈍っていないようですね、アンヴィエット」

廊下の前方で、瑠璃が言う。するとアンヴィエットが、不機嫌そうにそれに返した。

「たりめーだ。ナメてんじゃねェよ」

「緊急時だっていうのに、一人非常時訓練の犯人役を強行してた人はどこの誰ですか?」

「ぐ……っ」

アンヴィエットが渋面を作りながら言葉を詰まらせる。

黒衣の『設定』を受け入れることとなったアンヴィエットだったのだが、その結果、非常時に一人張り切って訓練をしていたお間抜けさんになってしまっていたのである。

さすがに瑠璃もその『設定』を信じ切っているわけではないようだったが、アンヴィエットがそれを否定できない状況であることは理解しているらしい。先ほどから面白がるように、ちくちくとアンヴィエットをからかっていた。

「ところでアンヴィエット」

「……ンだよ」

「なんで訓練所から帰ってきたとき、怪我《けが》をしていたんですか？」

「………………」

「あなただけじゃなく、兄様も包帯を巻いていましたよね？　どういうことです？　まさか戦ったんですか？　兄様と？　それで怪我させたんですか？　ねえ。聞いてます？」

瑠璃がずいずいとアンヴィエットに詰め寄る。目が笑っていなかった。ちょっと怖かった。アンヴィエットが答えに窮し、顔中に汗を滲ませる。

「る、瑠璃！　今は彩禍さんを助け出すことを優先しよう！」

無色が慌てて声を張ると、瑠璃がピクッと耳を動かした。

「……！　そうね。兄様の言うとおりだわ。なんて冷静で的確な判断力なんだ……。しかもカワイイとか、無敵か？　あなたもそう思うでしょアンヴィエット？」

「……へいへい」

「は？　まさかあなた兄様狙ってるの？　許さんぞ？　お？」

「……どうしろってんだよ」

アンヴィエットはうんざりと息を吐いたのち、気を取り直すように頭を振った。

「で、久遠崎のヤツはどこにいるんだ？　虱潰《しらみつぶ》しに探していくのか？」

「時間をかけすぎるのもよくありません。ここの責任者を探して吐かせましょう」

瑠璃が言うと、黒衣《くろえ》が足元に視線を落としながら答えた。

「責任者なら、恐らくここです」

言って、先ほどアンヴィエットが昏倒《こんとう》させた痩せぎすの男を指さす。

「え？」

「彼が〈サリクス〉の頭目、ダグ・ウィローズです」

「……あー」

黒衣の言葉に、アンヴィエットがぽりぽりと頬をかく。

瑠璃が非難じみた視線をアンヴィエットに向けた。

「まったく、一体何をしているんですか」

「出てきたらブッ倒すだろフツー」

「それはそう」

アンヴィエットの反論に、瑠璃が首肯を以て返す。覚悟の決まり方が凄《すご》かった。

黒衣が、近場にあったビル内見取り図に目をやり、続ける。

「人質は声の漏れない場所に閉じ込めたいと思うのが常道です。地下から探しましょう」

「なるほど。地下ね」

黒衣の言葉に、瑠璃がうなずく。無色たちは非常階段から地下へと向かっていった。

「な……っ！　おまえらは……！」

「撃て！　撃て！」

地下にはまた、構成員の姿があった。無色たちの姿を見るなり攻撃してくる。

しかし瑠璃とアンヴィエットの敵ではなかった。ものの数秒で、全員を制圧してしまう。

そして捜索を開始してすぐ。瑠璃が廊下の奥から声を上げてきた。

「この部屋だけ施錠《せじょう》されてるわ。しかも電子ロックよ」

「見せてみろ」

言ってアンヴィエットが、扉の横に設《しつら》えられたパネルに手を触れる。

次の瞬間、火花とともにバチッという音がしたかと思うと、扉が開いた。

「荒っぽいですね。もう少しスマートなやり方を心がけては？　扉を切断するとか」

「もっと荒っぽいじゃねェか」

などと言い合いながら、部屋に入っていく。無色たちもあとに続いた。

そして、薄暗い部屋の中を見回し――その最奥《さいおう》に、椅子に縛りつけられ、猿轡《さるぐつわ》を施された彩禍《さいか》の姿を発見する。

「彩禍さん！」

「魔女様！」

言うが早いか、無色たちは駆け出していた。

「……！　……！」

彩禍が、何かを訴えかけるようにくぐもった声を上げてくる。

無色たちは、ただならぬ様子に驚きながらも、彩禍の猿轡を外した。すると——

「——気をつけるんだ！　魔術師がいる！　奴《やつ》は——他者の視覚を操る！」

「え——」

彩禍の言葉に、無色が目を丸くした瞬間。

「ふふ……ふふふふふふ——」

どこからか、妖しい笑い声が響いてきた。——朱殷《シュアン》だ。

「あなたたちが、〈庭園〉の騎士さんたちね？　なるほど……恐ろしい強さだわ」

「…………！」

皆が臨戦態勢を取る。

しかし辺りを見回しても、朱殷の姿はどこにも認められなかった。声はするものの、壁や天井に幾重にも反響して、どこから発されているのかわからない。

「ああ……怖い。怖いわ。あまりに恐ろしくて、思わず泣いてしまいそう」

そんな無色たちをあざ笑うように、声は続けた。

「──私が、本気を出さないといけないなんて」

そして。

闇の中から聞き慣れない文言が響いたかと思った、次の瞬間。

「第四顕現《ディースーシエンシエン》──【百目鬼夜行《バイムゥグイイエーハン》】」

──無色たちのいた地下室の景色が、異界に入れ替わった。

直線で構成された薄暗い部屋の壁、床、天井が、赤黒い肉の社へと変貌を遂げる。まるで、気づかぬうちに巨大な獣の腹の中に収められてしまったかのような様相だった。

否《いな》。それだけではない。鼓動するように微《かす》かに脈打つ肉の壁の至る所に、大小様々な眼球が、幾つも生えている。気の弱い者であればそれだけで失神してしまいかねない、まさに地獄のような光景であった。

「第四顕現だと……⁉」

「まさか。在野にこれほどの魔術師が──⁉」

瑠璃が険しい表情を作りながら、指で印を結ぶ。それに合わせて、彼女の頭部に現れていた界紋《かいもん》が激しく燃え上がり、その数を増やしていった。

よほど力の差がなければ、第四顕現に対抗できるのは、第四顕現のみ。そしてアンヴィエットは先ほどの戦いで疲弊し、万全の状態とは言い難《がた》く、無色は元より完全な第四顕現を発現できない。今この場で魔術師・朱殷に抗しうるのは、瑠璃のみだったのである。

しかし、その反応で朱殷もそれを察したのだろう。瑠璃が第四顕現を発現しようとした瞬間、壁中の眼球がぎょろりと蠢《うごめ》き、瑠璃を見つめた。

──ぞわり、と背筋が凍るような感覚が無色を襲う。

「瑠璃！」

朱殷の第四顕現がどのような力を持っているのかはわからない。しかし、何かよくないことが起こる気がしてならなかった。

と、そのとき。

「──アンヴィエット、わたしに触れろ！」

その悪寒《おかん》を察したように、椅子に縛りつけられた彩禍が声を張り上げた。

「そして願うんだ！　この窮地を脱することを！　あの魔術師を倒すことを！」

「はァ⁉　いきなり何言ってやがる⁉」

アンヴィエットが眉根を寄せる。とはいえそれも無理からぬことだろう。突然そんなことを言われても困惑するのが当然だ。

だが——

「いいから！　——急いで、アン！」

「…………ッ!?」

彩禍が、それまでとは異なる口調と呼称でアンヴィエットを呼んだ瞬間。

アンヴィエットは、彩禍の肩へと手を置いていた。

「——願う！　オレたちの敵よ、倒れろ……！」

そして、困惑の色を残しながらも、そう叫ぶ。

すると、次の瞬間——

「——あ——ああああああああああああぁぁぁぁぁぁぁぁ————ッ!?」

凄《すさ》まじい朱殷の悲鳴が響いたかと思うと、グロテスクな肉と眼球の壁に罅《ひび》が入っていき——やがて、目映《まばゆ》い光とともにその景色が崩壊した。

無数の肉片が辺りに飛び散り、一拍おいて、空気に溶け消えていく。

数瞬後。無色たちの周りには、先ほどまでの薄暗い地下室の風景が広がっており——目の前には、丈の長いコートを着込んだ長身の女が、力なく倒れ伏していた。

「…………」

辛《かろ》うじて息はあるようだったが、完全に気を失っているらしく、うめき声さえ漏らさない。よく見ると瞼《まぶた》が落ち窪《くぼ》み、空っぽの眼窩《がんか》から血が流れていた。

「な……一体、何が……」

無色《むしき》は目を見開きながら朱殷を見たのち、顔を上げて彩禍の方に視線をやった。

皆考えていたことは同じらしい。瑠璃《るり》も、黒衣も、同じように彩禍を見つめている。

だが、その中でも、アンヴィエットの驚愕《きょうがく》ぶりは一際《ひときわ》凄まじかった。

信じられないものを見るような目で、彩禍を凝視している。

しかし、それも当然だろう。

口調や呼称だけの問題ではない。今の声は、明らかに彩禍のものではなかったのである。

「——サ、ラ……？」

アンヴィエットが呆然《ぼうぜん》とその名を呼ぶと。

「…………うん。久しぶりだね、アン」

彩禍は、どこか悲しそうに、そう返した。

——仄暗《ほのぐら》い地下室を、長い沈黙が支配する。

そこにいる全員が、今起こった出来事に——そして、彩禍の発した言葉に、声を失っていたのだ。

「——やはり、そうだったのですね」

そんな中、沈黙を打ち破ったのは黒衣だった。

「黒衣……？　どういうことです？　気づいてたんですか？」

「確証があったわけではありません。それに、その可能性に気づいたのはつい最近です」

無色が問うと、黒衣はすっと目を細めた。

「一〇〇年前この世界に現れた〈運命の輪《フォルトゥナ》〉は、可逆討滅期間を大きく過ぎてから討滅され、それによってもたらされた世界への影響は『結果』として記録されていました。つまり、叶《かな》えられた願いは、〈運命の輪《フォルトゥナ》〉が消えたあとも、ずっと残ったままだったのです。

そして今、〈運命の輪《フォルトゥナ》〉の代償現象としか思えない被害が世界各地で連続したことで、わたしは考えました。

——もしもサラさんが生前願ったことが、まだ叶っていなかったのだとしたら、と」

「……ふふ、さすが魔女さんの侍従さんね」

彩禍——サラは、苦笑しながらそう言った。

無論、彼女は黒衣《くろえ》の中身が本物の彩禍であることを知っているはずだが、黒衣の立場を慮《おもんぱか》ってか、その点に関しては秘してくれるつもりらしかった。

「生前……願ったこと？」

瑠璃が訝《いぶか》しげに問う。するとサラは、ゆっくりうなずいてから続けてきた。

「私が死んだ時点で、叶っていなかった願いは二つ。『子宝に恵まれますように』。そして──『愛《いと》しいアンと、来世でも一緒になれますように』」

「…………っ」

サラの言葉に、アンヴィエットが息を詰まらせた。

「その願いが、サラの死後に叶った……ってのか？」

「恐らくは」

答えたのは黒衣だった。

「時間はかかったようですが、サラさんの魂は、死後消滅することなく、新たな命として、再度この世界に転生したのでしょう。……ですが、そこで一つ問題が生じます」

「問題……？」

「はい。サラさんは生前の願いによって、〈運命の輪《フォルトゥナ》〉と同化していました。必然、サラさんの転生体は、その権能を有した状態で生まれてしまったのです」

「な──」

黒衣の言葉に、アンヴィエットが肩を揺らして眉根を寄せた。

「ちょっと待て。〈運命の輪《フォルトゥナ》〉の権能を持ってたのは、スーリヤじゃあなかったのか⁉」

「その通りです。つまり彼女こそが、サラさんの転生体だったのではないでしょうか」

「…………⁉」

アンヴィエットが混乱したように髪をかきむしる。

「待て、待て。意味がわからねェ。じゃあなんでサラは今久遠崎《くおざき》の姿をしてるんだ？」

するとサラは数瞬考えを巡らせるような仕草を見せたのち、続けてきた。

「……数日前のことよ。私の存在に気づいた魔女さんが、自分の身体《からだ》を貸してくれたの。

——一つの身体に二つの意識が宿っていたのでは不便だろう……って」

「何……？」

アンヴィエットが訝しげに言う。

それに合わせるように、無色は小声で黒衣に問い掛けた。

「……そうだったんですか？」

「……いえ。サラさんがわたしたちの事情を鑑《かんが》みて、誤魔化そうとしてくれているのでしょう。恐らく、無色さんと彩禍《さいか》様が分離し、魂の欠落した身体が生まれたことで、それにサラさんの魂が引き寄せられたのではないかと思います」

黒衣が小声で答えてくる。無色は「……なるほど」とうなずいた。

「……どうりで彩禍さんと歩き方が違うと思いました……」

「はい、そうで――」

黒衣は言いかけて、言葉を止めた。

「……無色さん、まさかあの彩禍様が本物ではないと気づいていたのですか？」

「え？　いやいや、まさか。アンヴィエットさんの奥さんだったなんてまったく気づきませんでしたよ。最初は驚いてパニックになっちゃってましたし……」

ただ、と無色は続けた。

「なんとなくですけど、長く見てると、彩禍さんとは微妙に所作が違うような気が……」

「…………」

「えっ、なんで叩《たた》くんですか黒衣。痛い。痛いですってば」

「気づいていたのならもっと早く言ってください」

「す、すみません……でもなんか指摘するのも失礼かなって……」

無色と黒衣が戯《たわむ》れていると、アンヴィエットがギロリと睨《にら》み付けてきた。

「……さっきから何をゴチャゴチャ言ってやがる」

「いえ」

「なんでもないです……」

二人が言うと、アンヴィエットは頭をガリガリとかきながらサラの方に向き直った。

「一つの身体に二つの意識？　いや、それ以前に、そもそも今いるスーリヤは一体——」

と、アンヴィエットが言ったそのとき。

「——おとうさん！」

まるでその呼び声に応えるかのように、部屋の入り口から小さな人影が飛び出してきて、アンヴィエットの足に抱きついた。

「……っ、スーリヤ⁉　おまえ、安全が確認されるまで外で待ってろって——」

「……でも、おとうさんはスーに来て欲しかったんだよね……？」

スーリヤが上目遣いになりながら言うと、アンヴィエットはやれやれと息を吐いた。

するとそれに合わせるように、サラがスーリヤに声をかける。

「——スーリヤ」

「………………！」

その声に反応するように、スーリヤがぴくりと肩を揺らした。

「もういいの……？　おかあさん」

「……うん。ごめん。バレちゃった」

言ってサラが、ペロリと舌を出す。

するとスーリヤは、万感の思いを形にするように身体を震わせ、サラに抱きついた。

「おかあさん……おかあさん……！」

「……ごめんね、スーリヤ。今まで抱きしめることもしてあげられなくて」

サラが、スーリヤの身体を抱きしめ返す。

そしてしばしののち顔を上げ、アンヴィエットに視線を向けた。

「改めて紹介させて。この子はスーリヤ。——正真正銘、私とアンの子よ」

「な——」

サラの言葉に、アンヴィエットは目をまん丸に見開いた。それはそうだろう。自分の娘を名乗る、身に覚えのない少女が、本当に自分の子供だったというのだから。

「オレとサラの……？　ど、どういうことだ？」

「——私が死んだとき、既に私の中には、新しい命が宿っていたみたいなの」

「…………ッ！」

アンヴィエットが驚愕に息を詰まらせる。サラは静かに続けた。

「そして〈運命の輪《フォルトゥナ》〉は、私の願いを忠実に叶えてくれたわ。私が新たな命に転生したとき、私の中に宿っていた子供もまた、その自我を持って生まれていたのよ。

——転生した身体の中には、私と、私の子、二人の人格が存在していたの」

「……なるほど。図らずも二重人格のような状態になっていた……というわけですか。そして『彩禍様の肉体』という空の器が現れたことにより、そこにサラさんが移り、元の身体に、スーリヤさんの意識のみが残った、と──」

黒衣が言うと、サラはこくりとうなずいた。

「……本当なら、転生を果たしたあと、すぐにでもアンのもとに行きたかった。でも、私の身に宿った〈運命の輪《フォルトゥナ》〉の権能が、それを許してくれなかった。

──私が転生してから数年後、ようやく一人で外に出かけられるようになった頃、その力に気づいたはぐれ魔術師が、私を養護施設から引き取ったのよ」

言って、サラが悔しげに眉根を寄せる。

奇妙な表現に混乱しかけたが──よく考えれば道理だった。サラの意識を持って転生したとしても、今の身体には生みの親が存在するはずなのだ。……話を聞くに、あまり理想的な家庭環境とは言えなかったようだったが。

「……まあ、でも不幸中の幸いは、〈運命の輪《フォルトゥナ》〉の真の権能が、彼らに知られなかったことかしら。〈運命の輪《フォルトゥナ》〉はただそこに存在しているだけでも、持ち主に幸運を呼ぶ。──その幸運が失われることを恐れたウィローズは、誰も私に触れさせようとしなかったから」

サラの言葉に、黒衣がぴくりと反応を示した。

「あなたと接触しながら願いを唱える……それが、願いを叶える条件なのですね」

「……ええ。もともと〈運命の輪《フォルトゥナ》〉は、装身具の形をしていたから」

「あ──」

無色《むしき》は目を見開きながら小さく声を漏らした。

その条件に、思い当たることがあったのである。

そう。数日前の夕方。無色はスーリヤを背負いながら図らずも口にしてしまっていた。

──彩禍と身体を分離させて、もう一度出会いたい、と。

もしもあれが『願い』と認定され、スーリヤに宿っていた〈運命の輪《フォルトゥナ》〉の権能で実現してしまったのだとすれば、分離の原因は、無色自身の願いだったということになる。

それだけではない。思い起こしてみれば、ヒルデガルドが「〈庭園《ていえん》〉の女子制服がメイド服だったらいいのに」と言ったとき、彼女は彩禍の肩に触れていた。

あのときは既に、彩禍の身体にはサラの魂が宿っていた。それに伴って〈運命の輪《フォルトゥナ》〉の権能もそちらに移動していたとするなら、その願いが叶ったとしても不思議ではない。

「…………」

と、無色はそこで、瑠璃《るり》が顔中に汗を滲《にじ》ませていることに気づいた。

「瑠璃？　大丈夫？」

「な、なんでもないわ。私を気遣ってくれたの？　やっぱ兄様超優しい。好き——」

瑠璃はハッと肩を揺らすと、自分の口を塞いだ。

無色が不思議そうに首を傾《かし》げていると、怒声とも悲嘆とも取れないアンヴィエットの声が響いてきた。

「……だとしてもだ！　なんで——なんで言わなかった！　自分がサラだって！」

「……ごめんね、アン」

サラは悲しげに目を伏せ、続けた。

「私は大罪人よ。知らなかったこととはいえ、私欲のために滅亡因子の力を使い、世界に甚大《じんだい》な被害を出してしまった。……あなたに、会わせる顔がなかったの」

「そんなこと——」

「それにね」

サラはアンヴィエットの声を止めるように言うと、スーリヤの頭を優しく撫《な》でた。

「この子を、お父さんに会わせてあげたかったの」

「…………ッ——」

その言葉に、アンヴィエットはスーリヤを見つめた。

そしてその場に膝を突き、頭《こうべ》を垂れる。

「……すまねェ。オレは散々、おまえを娘じゃねェとか言っちまった」

するとスーリヤは、ふるふると首を横に振ってみせた。

「いいんだよ。スーは知ってるもの」

「え……？」

「おかあさんから、ずっと聞いてたの。──おとうさんは、ちょっと素直じゃないけど、世界でいちばんやさしい人だって」

「スーリヤ……」

アンヴィエットが名を呼ぶと、スーリヤは何かに気づいたように眉を揺らした。

「──あれ？　あれあれあれ？」

「な、なんだ……？」

「もしかしておとうさん、スーをぎゅっとしたいと思ってる？」

そして、アンヴィエットの目を見つめながらそう言う。

アンヴィエットはしばしの間目を丸くしていたが、

「…………よくわかったな」

やがて笑いながらそう言うと、スーリヤの身体《からだ》を強く抱きしめた。

その光景を見ながら、無色と瑠璃は視線を交わした。

「……兄様」

「……うん」

瑠璃の意図を察するように、うなずく。

確かに彩禍──サラを助け出すことができて、アンヴィエットもサラとスーリヤに会うことができた。それ自体は喜ばしいことだろう。

けれど、〈運命の輪《フォルトゥナ》〉の被害は、依然解決していないままだったのである。

「──あ──」

そこで、無色は気づいてしまった。

サラがアンヴィエットに名乗り出なかった、三つ目の理由に。

「──黒衣《くろえ》、まさかサラさんは」

「…………」

無色が言うと、黒衣は無言で目を伏せた。

どうやら、黒衣もまた、気づいていたらしい。

「……アン」

サラが、アンヴィエットに語りかける。

「ありがとう。……最後にもう一度会えて、よかったわ」

「あ……？　何を──」

言いかけて、アンヴィエットもまた思い至ったらしい。言葉を止め、サラの目を見る。

「サラ、おまえは……」

「……まだ最初の『願い』から、可逆討滅期間は過ぎていない。今〈運命の輪《フォルトゥナ》〉を消し去れば、世界各地で起こった消失現象は『なかったこと』になるわ」

サラは、それを口にした。

滅亡因子を討滅し、世界を救う。それは魔術師にとって、避けようのない使命。

そしてそれを成すということはすなわち──〈運命の輪《フォルトゥナ》〉と同化しているサラもまた、消えねばならないということを示していたのである。

嗚呼《ああ》、そうだ。アンヴィエットと再会することを渇望《かつぼう》していたサラが、土壇場《どたんば》になるまで自らの正体を明かさなかった、三つ目の理由。

それはアンヴィエットに、妻との別れを二度も味わわせたくなかったからだったのではないかと、無色には思えたのである。

「……なんだよ……それは。ふざけ──」

と。

アンヴィエットが言いかけた、そのときだった。

――サラの足が、何者かに摑《つか》まれたのは。

「え……？」

「な――」

突然のことに、サラが目を見開き、アンヴィエットが息を詰まらせる。

一拍遅れて、無色たちも気づいた。

地に伏して気を失っていた朱殷《シュアン》が、いつの間にかサラの足元にいたことに。

そして朱殷は、空っぽの眼窩《がんか》を見開きながら、掠《かす》れた叫びを上げた。

「――願う！〈運命の輪《フォルトゥナ》〉よ！　世界を私の、も、の、に、な、さ、い……ッ！」

瞬間。

「ぐ……あ……っ⁉」

突如全身を強烈な脱力感が襲い、無色は思わずその場に膝を突いてしまった。

「兄様⁉　大丈夫⁉」

瑠璃が泡を食ったように言ってくる。

しかし、無色はそれに感謝の言葉を返すことすらできなかった。

理由は単純。床に伏した朱殷の身体が淡く輝いたかと思うと——

まるで世界そのものが蠢動《しゅんどう》するかのように、地下室を巨大な地震が襲ったからだ。

「あッ——はァ——はははははははははははははははは——————ッ！」

凄《すさ》まじい震動の中、哄笑《こうしょう》とともに、朱殷がゆらりと身体を起こす。

否《いな》。正確に言うならば、彼女の身体が重力に逆らうかのように浮き上がっていった。

「なぁにぃ、これぇぇぇぇ——凄《すご》いわ——力が——力が溢《あふ》れて止まらない……ッ——！」

恍惚《こうこつ》とした表情で言って、朱殷が天を仰ぐ。それに合わせて、落ち窪《くぼ》んだ眼窩に魔力が集まって、光り輝く眼球を形作っていった。——どうやら彼女の目は、魔術で作りだした顕現体であったらしい。

「な……っ!?　一体何が起こった!?」

「この凄まじい魔力は……!?」

アンヴィエットと瑠璃が、狼狽《ろうばい》に目を見開く。

だがそれも当然だろう。完全に無力化したと思われていた朱殷が、全身に凄まじい魔力を纏《まと》い、宙に浮き始めたのだから。

「こ……れは……」

全身を襲う凄まじい倦怠感《けんたい》と違和感の中、無色はどうにか声を発した。

すると黒衣がすぐ側《そば》に膝を折り、耳打ちするように言ってくる。

「──無色さん。どうされましたか」

「わ、わかりません……なんだか急に、身体から何かが剝がされた感じというか……」

「…………っ」

それを聞いて、黒衣は眉根を寄せて渋面を作った。

「……この現象。そして、無色さんの状態。……朱殷は慣用句的な意味で『世界を自分のものに』と言ったのでしょうが……恐らく、世界の管理権──世界王の座が、彼女に移譲されてしまったのだと思われます」

「な……ッ!?」

黒衣の言葉に、無色は目を見開いた。

世界王。それは、かつて未来より来訪した久遠崎彩禍《くおざきさいか》の口から発された名であった。

曰《いわ》く、この世界は、『本当の世界』をモデルに彩禍が創り上げた顕現体──第五顕現である。

そしてその世界を統《す》べる魔術師こそが、世界王と呼ばれる存在であり、未来の彩禍は、現在の彩禍からその座を奪い取るため、時を越えてこの時代へと来訪したのだ。

それを巡り繰り広げた戦いは、無色《むしき》の記憶に色濃く刻まれている。

「ぐ……うう……っ！」

無色は、呻《うめ》くように声を上げた。焼き付くかの如《ごと》き激情が、胸の奥から湧き上がる。

しかし、それも当然だ。

彩禍が命を懸《か》けて護《まも》り、そして未来の彩禍が身を焦がすほどに求めた、世界王の座。

それが、たったの一言で、見も知らぬ魔術師に簒奪《さんだつ》されてしまったというのである。

「落ち着いてください、無色さん」

「これが……落ち着いて……」

激しい目眩《めまい》をどうにか抑え込むようにしながら身を起こそうとしたところで、無色はハッと肩を震わせた。

「そうか……〈運命の輪《フォルトゥナ》〉の権能で世界が奪われたなら、その逆だって――」

が、無色がサラの方に視線を向けた、そのとき。

「させないわよぉ――」

その動きに気づいたように、朱殷が無色に向かって手をかざす。

瞬間――

視界が白んだかと思うと、無色の身体は小石の如く軽々と吹き飛ばされた。

「ぐ……っ！」

数瞬の浮遊感ののち、地面に強《した》かに叩《たた》きつけられる。

しかし、全身を襲う激痛の中、無色の脳裏を掠めたのは、奇妙な違和感だった。

そう。無色たちは今、ビルの地下室にいたはずだ。比較的広い部屋であったとはいえ、限度がある。このような距離を吹き飛ばされることなど有り得るのだろうか——

「な——」

目を開けて、無色は息を詰まらせた。

目の前に広がっている光景が、先ほどのものとはまるで様変わりしていたからだ。

いつの間にか、頭上に空が広がっている。地面も、あらゆる障害物を排したようにだだっ広い平面に変じていた。

第四顕現——ではない。さらに遠くには、元いた街の風景が見える。

まるで、粘土細工の街を、力任せに潰し、広げたかのような、滅茶苦茶《めちゃくちゃ》な光景だった。

「あら、やりすぎちゃったかしら……ごめんなさいね。力の加減がよくわからないの」

目映《まばゆ》い光を纏いながら空を歩く朱殷が、真っ赤な唇を歪《ゆが》めながら笑う。

すると、次の瞬間。

「──【旭光拵《きょっこうのこしらえ》】！」

「──【金剛纏鎧《ヴァーサラス》】ッ！」

朱殷の死角から二つの影が飛び出したかと思うと、朱殷に斬りかかり、或《ある》いは電撃を放った。──その身に第三顕現を纏った瑠璃《るり》とアンヴィエットである。

「あらぁ……？」

しかし朱殷は身じろぎ一つすることなくそう言うと、難なくその攻撃を防いだ。

否。防いだ、というのも正確ではないかもしれない。

朱殷が纏った光の膜に遮られ、二人の攻撃は彼女の身体に届いてさえいなかったのだ。

「驚いた。まだそんな元気があるなんて。さすがは〈庭園《ていえん》〉の騎士さんたち──ねっ！」

朱殷の声とともに、彼女の纏った光が輝きを増し、二人を軽々と吹き飛ばす。

「くっ──」

「ンだ……とぉっ⁉」

地に叩きつけられた二人は、憎々しげに朱殷を睨《にら》み付けると、再度地を蹴り、攻撃を再開した。──しかし、その悉《ことごと》くが、彼女に触れる前に消え去ってしまう。

もはや、何をしているのかさえわからない。圧倒的に過ぎる力の差であった。

それはそうだろう。何しろ今彼らは、この世界そのものと戦っているに等しいのだ。

──やはり、朱殷から〈世界〉の管理権を取り戻す他ない。

しかし、先ほどの朱殷の攻撃によって、無色も、黒衣《くろえ》も、サラも、スーリヤも、散り散りになってしまっていた。皆身体中《からだじゅう》に怪我《けが》を負い、苦しげに地に伏している。

サラ自身は、〈運命の輪《フォルトゥナ》〉の権能で願いを叶《かな》えることはできない。誰かが彼女に触れて朱殷から世界王の座の剝奪を願わなければならなかった。しかし、この距離では──

「──サラさん！」

と。そこで、後方から黒衣の声が響いた。

彼女もまた満身創痍《まんしんそうい》で、まともに起き上がることも困難であるようだった。しかし、渾身《こんしん》の力を込めるように喉を絞り、叫ぶ。

「スーリヤさんに──もとの身体にあなたの意識を戻すことはできますか⁉」

「え──」

その訴えが届いたのだろう。サラの方から、驚いたような声がする。

「できるのならば今すぐお願いします！　早く！」

「わ、わかったわ……！」

サラはそう言うと、意識を集中するように目を閉じ──やがて、気を失うかのように、がくりと倒れ込んだ。魂を失った彩禍の肉体が、無防備な寝姿を晒《さら》す。

「…………っ」

するると、まるでそれに合わせるように、黒衣も意識を失い、地面に倒れ伏した。

「黒衣⁉　大丈夫ですか、黒衣……⁉」

突然のことに、思わず声を上げる。

しかし黒衣のもとに駆け寄ろうにも、身体が言うことを聞いてくれなかった。ダメージだけの問題ではない。朱殷に世界王の座を奪われた瞬間から、異様な感覚が身体を支配し、上手《うま》く身動きが取れなかったのである。

焦燥感が肺腑《はいふ》を満たす。今動かねば、黒衣が、彩禍が危ないというのに――

と――そんなときだ。

「――大丈夫だよ、無色」

狼狽する無色の鼓膜を、そんな声が震わせたのは。

「……っ、この、声は……」

無色は、呆然《ぼうぜん》とした調子で言った。

だがそれも無理からぬことではあった。

その声は、無色がずっと焦がれ、憧れ、求め続けていた人のものだったのだから。

「黒衣なら心配ない。少し無理が祟《たた》っただけだろう。少しの間、休ませてあげてくれ」

砂煙の向こうに、ゆらりと人影が立ち上がる。

「あ……、ああ——」

無色は、半ば無意識のうちに、目に涙が滲《にじ》むのを感じた。

理屈ではなく、道理でもなく。心が、魂が理解する。

そう。そこにいたのは。

彩禍の肉体に、彩禍の魂を備えた、正真正銘の『久遠崎彩禍』だったのである。

「彩禍……さん——」

無色が感極まった調子で名を呼ぶと、瑠璃、アンヴィエットと戦っていた朱殷《シュアン》もまた、それに気づいたらしかった。ギロリと彩禍を見つめ、そちらに手をかざす。

「させないって——言ってるでしょぉぉぉぉ——！」

朱殷としては、〈運命の輪《フォルトゥナ》〉の権能を使わせるまいとしての攻撃だったのだろう。彩禍のいた空間そのものが圧搾《あっさく》されるようにぐにゃりと歪む。

「彩禍さん！」

無色は、その絶望的な光景に金切り声を上げた。

しかし、次の瞬間。

「──ん。呼んだかな？」

彩禍は平然とそう言いながら、無色のすぐ側に姿を現した。

「え……っ⁉」

「な……」

無色と朱殷の驚愕《きょうがく》が重なる。彩禍は、そんな二人の表情を面白がるように笑った。

「何を驚いているんだい？　確かにこの身に魔力はほとんど残されていないようだ。しかし外在魔力を上手く用いれば、これくらいの魔術は使用可能だよ。顕現術式は確かに強力だが、それだけに頼り切りになるのはいただけないな」

いや──と、彩禍が朱殷を睨み付ける。

「今の君のそれは、顕現術式とさえ呼べないか。膨大な魔力をただ振るっているだけに過ぎない。宝の持ち腐れにもほどがある。──〈世界〉とは、そのようなことのためにあるのではないというのに」

「……言ってくれるじゃない。でも、その魔力の差をどう埋めるっていうのかしら──？」

朱殷が視線を鋭くし、再び彩禍《さいか》に攻撃を放とうとする。

しかしその寸前で、左右から瑠璃とアンヴィエットの攻撃が閃《ひらめ》いた。

「はぁっ！」

「――おおおおッ！」

「ち……、邪魔よ！」

朱殷が忌々《いまいま》しげに叫び、二人に魔力光を放つ。しかし彼らも〈庭園〉騎士。一度食らった攻撃は通じないとばかりに、身を翻《ひるがえ》して回避してみせた。

それによって朱殷に生じた僅かな隙。

その間に、彩禍は仰向けに倒れた無色の側《そば》に膝を折った。

「やあ、無色。こういうのも久しぶり……ということになるのかな？」

そして、冗談めかすような調子でそう言ってくる。――当然ではあるが、その表情が、声が、あらゆる所作が、無色の中の彩禍像そのままだった。

「彩禍さん……俺は――」

「おっと。間違っても詫《わ》びようなどとは思わないでおくれよ。君はよくやってくれた。わたしの想像を遥《はる》かに超えてね。

……アンヴィエット戦のときは格好よかったよ。まあ、あまり大声でああいうことを叫ぶのはいただけないけれどね」

と、小さく苦笑する。

「――ここからは、わたしの役目だ。たまには学園長に格好を付けさせてくれ」

そして彩禍はそう言うと、無色《むしき》の唇に、自分の唇を近づけてきた。

「え……、あ――」

「……目を閉じていたまえ。――返してもらうよ。君に宿ったわたしの魔力を」

無色は唇に、えも言われぬ柔らかな感触を覚えた。

それは、三ヶ月前、死に瀕《ひん》した彩禍と出会ったとき以来のものだった。


「ああああぁぁぁぁぁぁ……っ！」

「きゃ――」

「ぐあ……っ！」

裂帛《れっぱく》の気合いとともに朱殷が両手を振るう。

周囲をうろちょろと飛び回っていた〈庭園〉騎士二人が、ようやく沈黙した。

「はは……ははは……っ！　思い知ったかしら？　これが……支配者の力よ――」

恍惚《こうこつ》とした表情を浮かべながら、朱殷は声を漏らした。

――実に気分がいい。原理も理由もわからなかったが、身体に力が溢《あふ》れて仕方がなかった。もしも神という存在がいたならば、きっとこんな感覚に違いない。何の根拠もなくそう思えるほどの全能感が、脳髄に満ち満ちる。それこそ、少し気を抜いただけで自分という存在が世界に溶けていってしまいそうなほど――

「おや。随分と楽しそうじゃないか。今度はわたしと踊ってはくれないかな、朱殷」

「――――」

心地よい酩酊《めいてい》感に水を差すような声に、朱殷はゆらりとそちらを向いた。

そこには、朱殷と同じように宙に浮いた、久遠崎《くおざき》彩禍の姿があった。

「ああ……そうだったわね。あなたを倒さなきゃいけないんだったわ……。あはは、はは。でも、なんでだっけ？　まあいいか。私の前にいるんだものねぇぇぇぇ――」

「……記憶の混濁が始まったか。無理もない。本来治めるべき〈世界〉の魔力を無理矢理その身に帯び、戦いになど使っているのだから」

「なぁにぃぃぃ……？　あなた、私のことを馬鹿にしているのかしらぁぁぁ――？」

「まさか。この上なく評価しているよ。君は紛れもなく天才だ。

――わたしの〈世界〉を保有して、一〇分間も耐えられるだなんて」

「なんですってぇ……？」

訝《いぶか》しげに言った瞬間。

朱殷は、自分の頬を、熱いものが伝うのを感じた。

「ア——？」

一瞬、涙でも流れたのかと思ったが——違う。

それを拭った手の平が、真っ赤に染まっていた。

「なぁに……これぇ……？」

否《いな》、目のみではない。鼻、口、耳。顔中の穴という穴から、夥《おびただ》しい血が溢れていた。

それを見てか、彩禍が目を伏せる。

「惜しいな。本当に惜しい。——君が高い志を持って〈庭園《ていえん》〉に所属していたのならば、〈騎士団〉に名を連ねることさえ不可能ではなかったろうに」

「あははは っ！　何を言ってるの？　今の私は最強よ。誰があなたの下なんかに——」

言いかけて。朱殷は言葉を止めた。

目の前に浮遊する久遠崎彩禍。その身から、今の朱殷に勝るとも劣らない、凄《すさ》まじい魔力が発されていることに気づいたのである。

「なんなのよ、その力はぁぁぁぁぁ……ッ！」

朱殷が叫びを上げ、渾身《こんしん》の魔力を込めて攻撃を放つ。しかし彩禍は涼しい顔でそれを受け流してみせた。

「君から、世界王の座を剝奪する。──生きるか死ぬかは、君の持つ『可能性』次第だ」

そしてゆらりと手を掲げたかと思うと、その頭上に、四画の界紋《かいもん》が輝く。

「若い魔術師の発想というのは実に面白い。よもやこのような使い方があるとはね」

彩禍はそう言うと、その膨大な魔力を、右手の平に結集していった。

「──万象開闢《ばんしょうかいびゃく》。斯《か》くて天地は我が掌《て》の中」

界紋の放つ極彩色《ごくさいしき》の光を浴びながら、彩禍が言う。

「恭順を誓え。おまえを──」

そんな光景を見ながら、朱殷は半ば呆然と声を漏らした。

「……きれい……」

「──花嫁にしてやる」

彩禍の一撃を浴び、朱殷の意識は、闇に沈んでいった。

◇

空に、極彩色の光が瞬《またた》く。

それを目にして、無色は察した。──彩禍が、勝利したのだと。

「う……っく……」

無色は小さく呻《うめ》きながら身を起こした。身体《からだ》は未《いま》だ鈍く痛むものの、彩禍に魔力を回収されてからは、どうにか身動きが取れるようになっていた。思えば、〈世界〉に接続された彩禍の魔力を保有していたことによって、身体に変調をきたしてしまったのかもしれない。……まあ、彩禍のキスによって力が漲《みなぎ》ったという可能性もなくはなかったけれど。

「兄様……無事？」

肩を押さえ、足を引きずりながら、瑠璃《るり》が歩み寄ってくる。今はもうその身に第三顕現は纏《まと》っておらず、ボロボロになったメイド服姿だった。

「うん……なんとかね」

「傷だらけじゃない。痛くない？　大丈夫？　舐《な》める？」

「や……だ、大丈夫だよ。瑠璃こそ平気？」

「一応ね。……って、あそこに倒れてるの黒衣《くろえ》よね？　全然動いてないんだけど……」

瑠璃が、遠くに倒れ伏した黒衣の方を見ながら心配そうに言う。

無色はどう答えたものかと汗を滲ませた。黒衣の中身——即《すなわ》ち彩禍の魂は、今彩禍の肉体に戻っているため、黒衣が動くはずはないのだが、瑠璃に本当のことを言うわけにもいかなかったのである。

「──黒衣のことなら大丈夫だ。わたしが保証する」

と、無色が思い悩んでいると、頭上からそんな声が響いた。

「彩禍さん！」

「だ、大丈夫ですか⁉　お怪我《けが》は⁉」

無色と瑠璃は同時に声を上げた。いつの間にかそこに、彩禍の姿があったのである。

彩禍は二人の反応に苦笑しながら答えてきた。

「ああ、問題ないよ」

「よかった……」

瑠璃が安堵《あんど》の息を吐く。もう黒衣の心配はしていないようだったが、それも当然だろう。何しろ彩禍が心配ないと言ったのだ。どんな根拠よりも安心できる理由に違いなかった。

「でも、驚きました。本物の魔女様が助けてくださるなんて。無色の中から魔女様の身体へ魂が移ったっていうこと……ですか？」

「ああ、うん。まあそんなところさ」

瑠璃の問いに、彩禍が気安くうなずく。傍目《はため》には、嘘《うそ》を吐《つ》いているような様子は微塵《みじん》も見られなかった。素敵。無色はそう思った。

「朱殷《シュアン》の方も、一命を取り留めたようだ。まったく、大した生命力だよ」

「そうですか……。にしても、最後の力はなんだったんでしょう。あれだけの魔力があれば世界征服ができる……ってことなんでしょうか？」

「そうかもしれないね。滅亡因子にはまだ、わたしたちの知らないことがいっぱいだ」

彩禍は誤魔化すようにそう言うと、ふう、と吐息を零《こぼ》した。

「あとは――最後の仕事をするだけだね」

「最後の仕事――」

瑠璃が、彩禍の言葉を反芻《はんすう》するように復唱する。

そう。まだ一つ、彩禍には、やるべきことが残っていたのである。


「サラ――」

「…………アン」

アンヴィエットが歩み寄り、その名を呼ぶと、スーリヤ――サラは、こちらを見上げながらそう返してきた。

小さな少女の見た目には似つかわしくない、少し大人びた口調に、どこか憂いを帯びた表情。見慣れたスーリヤの姿に脳が混乱しそうにはなるが、それはまさしく、アンヴィエットの最愛の妻、サラのものであった。

「……終わったらしいぜ」

「……そうね」

アンヴィエットが言うと、サラは悲しげに微笑《ほほえ》んだ。

まるで、これから先に待ち受ける自分の運命を、全て受け入れているかのように。

神話級滅亡因子《マイソロジア》〈運命の輪《フォルトゥナ》〉。その権能がもたらした世界への被害は甚大《じんだい》である。――

先ほど叶《かな》えてしまったアンヴィエットの願いと、朱殷の願いを考えれば、恐らくまだ観測されていない『何か』が、世界に起こっているだろう。

「……〈運命の輪《フォルトゥナ》〉は危険過ぎるわ。絶対に、消し去らなければならない」

「それは……」

「――その通りだ」

アンヴィエットが言葉を返せずにいると、後方からそんな声が聞こえてきた。

見やるとそこに、無色と瑠璃を伴った彩禍《さいか》の姿があることがわかる。

彩禍には悪いが、今のアンヴィエットには、彼女が不吉な死神のように見えた。

「滅亡因子は、討滅しなければならない。それが神話級に位置するものとなれば尚更《なおさら》だ」

「……ええ」

サラは神妙にうなずくと、ゆっくりとその場に立ち上がった。

そしてしばしの沈黙のあと、ぽつりと語り出す。

「……ごめんなさい、アン」

「……何を謝る？」

「知ってしまったんでしょう？　私が、あのとき魔女さんにお願いしたことを」

「……………ああ」

アンヴィエットは、深い吐息を以《もっ》て答えた。

「……安心しろ。今のオレは……自分がそう簡単に命を捨てていい人間じゃねェってことを自覚してるつもりだ」

「ふふ……大人になったのね、アン」

「オレは昔から大人だ」

言ったのち、訓練所での件が脳裏をよぎり、アンヴィエットはほんのりと赤面した。

「……いや。だいぶ、駄々を捏《こ》ねちまったな」

「そういうところも、好きよ」

「……言ってろ」

アンヴィエットが唇を尖《とが》らせながら言うと、サラは小さく微笑んだ。

そののち、静かに続けてくる。

「……私、ずっと怖かったの」

「怖かった……？」

アンヴィエットが問うと、サラは小さくうなずいた。

「……昔、ひょんなことから〈運命の輪《フォルトゥナ》〉を手に入れてから、私はたくさんの幸運に恵まれたわ。お父様の事業が上手《うま》くいって家も大きくなったし、病気がちだった身体もよくなった。そして——昔から憧れていた、スヴァルナーの王子様との結婚も決まった」

「え……」

サラは、悪戯《いたずら》っぽく微笑んだ。

「……ふふ。知らなかったでしょう？　私、アンと出会うずっと前から、アンのことを知っていたの。だから、あなたとの結婚が決まったときは、天にも昇る気持ちだった」

でも、とサラが続ける。

「幸せの中、ふと不安になることがあったの。——もしこの結婚が、〈運命の輪《フォルトゥナ》〉がもたらしたものだったとしたなら、もしかしたらアンは、指輪の力によって私を好きにさせられたんじゃないか——って。

……一〇〇年前、魔女さんから逃げ出してしまったのも、それが理由よ。あの指輪を失ったなら、私はアンに愛されなくなってしまうんじゃないかと思ってしまったの」

「馬鹿な……！」

アンヴィエットは、眉間に深い皺《しわ》を刻みながら声を絞った。

「そんなことがあってたまるか。たとえ二人の出会いが幸運によるものだったとしても、オレのこの想《おも》いだけは、誰にも否定させやしねェ……！」

「アン……」

サラが不安そうにアンヴィエットの目を見つめてくる。

アンヴィエットは、サラの小さな身体を、強く、強く抱きしめた。

「……〈運命の輪《フォルトゥナ》〉が存在しなかった一〇〇年間、おまえのことを忘れた日は一日もなかった。オレが愛する女は、サラ、生涯におまえ一人だけだ……！」

「あ――ああ――」

その言葉に、サラは震えた声を発すると、アンヴィエットの身体を抱き返してきた。

――そして、どれくらいの時が過ぎただろうか。

アンヴィエットの胸を涙で濡《ぬ》らしたサラは、やがてゆっくりと身体を離した。

「……ありがとう、アン。もう思い残すことはないわ」

そして、彩禍の方へと向き直る。

「お待たせしたわね、魔女さん。――お願い」

「……ああ」

彩禍は静かにうなずくと、組んでいた腕を解いた。

「サラ。一〇〇年前のときのように、〈運命の輪《フォルトゥナ》〉の力を顕在化できるかい？」

「……ええ。やってみるわ」

言われて、サラは意識を集中させるように目を伏せた。

すると淡い輝きとともに、サラの身体に界紋《かいもん》と思《おぼ》しき紋様と、白い衣が現れる。――それは紛れもなく、一〇〇年前〈運命の輪《フォルトゥナ》〉と同化したサラが発現したものであった。

「これは……第三顕現……？」

「正確には違うが、性質としては似たようなものだ」

瑠璃の言葉に答え、彩禍が目を細める。

そしてサラに向けて手をかざすと、その頭上に界紋を出現させた。

「では――始めようか」

言って彩禍が、極彩色《ごくさいしき》の魔力光を纏わせた手を、サラの身体に触れさせる。

「……っ⁉　魔女さん――」

そこで、サラは驚くように目を丸くした。

一拍遅れて、アンヴィエットも気づく。

「久遠崎《くおざき》、テメェは……！」

――彩禍が、サラを殺すのではなく、救おうとしていることに。

頬を、一すじの汗が伝っていく。

彩禍にとってそれは、久方振りの経験であった。

しかしそれも当然ではある。何しろ、一度融合を果たした人間と滅亡因子を、無理矢理分離させようというのだから。

「……一〇〇年前のわたしには、無理だった――」

後悔の滲《にじ》む声が、半ば無意識のうちに喉から漏れる。

「だが……今のわたしならば、あるいは――！」

それは、一〇〇年の間に鍛えた力や、培《つちか》った経験のみを言っているわけではなかった。

今このとき。朱殷によって図らずももたらされたこの瞬間こそが重要だったのだ。

――彩禍は今し方、朱殷から世界王の座を強制的に剝奪した。

だがそれは、彩禍が再び世界王の座に着いたということを意味するわけではない。

今、世界王の座は空位であり——〈世界〉は、管理者を欠いた状態だったのである。

無論そんなことをすれば、〈世界〉にどのような影響が出るかわからない。すぐにでも彩禍は座に戻らねばならなかった。

しかしその危機的状況は、もう一つの事象を表していたのである。

そう。今ここにいるのは、〈世界〉の維持・管理に魔力を使用していない、いわば全盛期の久遠崎彩禍だったのだ。

「彩禍さん……！」

後方から、無色《むしき》が叫んでくる。その声からは、彩禍を案ずるような色が感じられた。

「俺の【零至剣《ホロウ・エッジ》】で補助を——」

「——駄目だ。それではわたしの術式が打ち消されてしまう可能性がある」

「……っ、そんな……！」

無色が悔しげに顔を歪《ゆが》める。それを目の端に捉え、彩禍はふっと唇を緩めた。

——まさか彼は、自分が役に立てないことを悔やんでもいるのだろうか。

「……そんな顔をしてくれるなよ。この選択肢をわたしに選ばせたのは、他ならぬ君だというのに」

「え……？」

無色が目を丸くする。

そう。一〇〇年前と違ったのは、彩禍の力や状況のみではない。

かつての彩禍は、世界を救うためならば、必要な犠牲を出すことは避けられないと考えていた。いや、正確に言えば今でもそう思っている。

けれど彼は、玖珂《くが》無色は言ったのだ。

あのとき、自分よりも遥《はる》かに強大な力を誇る未来の彩禍を相手にして。

──彩禍ならば、そんなことはしないと。

「まったく、買い被《かぶ》ってくれたものだ。わたしなど、そんな人間ではないというのに」

彩禍は汗を垂らしながら奥歯を噛《か》み締めると、さらに手に力を込めた。

「あ……ああああああああああああ……っ！」

サラが苦しげに悲鳴を上げる。無理もない。『存在』が癒着した滅亡因子を無理矢理引き剝がそうとしているのだ。尋常な苦痛ではないはずだった。

「心を強く持て！　外からの力だけでは引き剝がせない！　〈運命の輪《フォルトゥナ》〉を拒絶しろ！」

「サラ……！」

アンヴィエットがサラの手を強く握る。サラは苦しげにそれを握り返した。

「ア……ン……」

サラの目が、虚《うつ》ろな色を帯びていく。

彩禍《さいか》は渋面を作った。——このままでは、サラの精神が耐え切れそうにない。仮にサラから〈運命の輪《フォルトゥナ》〉を分離できたとしても、サラが廃人になってしまっては意味がなかった。何か。もう一つ何かが必要なのだ。〈運命の輪《フォルトゥナ》〉を打ち払う力が——

「——だいじょうぶ」

『…………!?』

そのとき。

サラの口から発された声に、彩禍たちは息を詰まらせた。

語調で、そして声でわかる。それは、サラのものではなかった。

「スー……リヤ?」

アンヴィエットが、呆然《ぼうぜん》と声を漏らす。

するとスーリヤは、優しく微笑《ほほえ》みながら言った。

「——おかあさんは、スーがたすけるから——」

「…………!」

瞬間感じた手応えに、彩禍は目を見開いた。

明らかに、先ほどまでと違う。サラの魂に癒着した〈運命の輪《フォルトゥナ》〉の実像が、はっきりと捉えられた。これならば、本当に切除が可能かもしれない。

しかしそれは同時に、とあることを示してもいた。

「やめるんだ、スーリヤ。そんなことをすれば、君は――」

「……！　スーリヤ！」

アンヴィエットも気づいたのだろう。小さな手を握りながら、叫びを上げる。

しかしスーリヤは、ゆっくりと首を横に振った。

「スーはね……きっと、ちょっとだけ産まれるのが早かったの。だから――」

言って、穏やかに微笑む。

「おとうさん――おかあさん。

いつかきっと、スーを産んでね――」

――スーリヤの声が、消える。

「く……！」

同時、彩禍の手は、具現化した滅亡因子〈運命の輪《フォルトゥナ》〉をサラの魂から引き剥がし――

極小の第四顕現を纏《まと》わせた手の平で、握り潰した。

——光が、辺りを埋め尽くしていく。

その幻想的な光景の中、無色は、憔悴《しょうすい》し後方に倒れ込んだ彩禍の背を支えた。

「彩禍さん——」

「……最強の魔術師が聞いて呆《あき》れる」

彩禍は、ボロボロになった手の平を見つめながら、吐き捨てるように言った。

「……結局わたしは、一人では何もできはしなかった」

彩禍の言葉に合わせるように、辺りを凄《すさ》まじい震動が襲う。——まるで、〈世界〉が主を求めるかのように。

「……どうやら、時間切れのようだね」

彩禍は細く息を吐くと、あごを持ち上げ、無色の顔を見てきた。

「……恨むかい？」

「え？」

「〈運命の輪《フォルトゥナ》〉は破壊された。すぐにその被害も、叶《かな》えた願いも、元に戻るだろう」

彩禍が遠い目をしながら言う。

彼女の言いたいことはすぐに察せられた。

それは即《すなわ》ち、分離した無色と彩禍の身体《からだ》が一つに戻ることを意味していたのである。

「……先ほどまでのわたしならば、もしかしたら、君とわたしの身体を本当に分離することだってできたかもしれない。しかしわたしは——」

「彩禍さん」

無色は、彩禍の言葉を遮るように言った。

「そこでサラさんを救おうとするあなただから、俺は助けになりたいと思ったんです」

「…………ふ」

彩禍は目を伏せると、小さく息を漏らした。

まるで、それ以上言葉を返すのは無粋とでもいうように。

「では、またしばしの間お別れだ。——黒衣《くろえ》に、よろしくね」

「はい。きっと伝えておきます」

「ああ——そういえば」

「はい？」

光に包まれる中、彩禍は最後に、呟《つぶや》くように言った。

「——わたしの薬指のサイズは、八号だ」

終章　これからが楽しみだよね?

「――ここにいたのか、サラ」

夜。星空を眺めるサラの背に、アンヴィエットは声をかけた。

〈庭園《ていえん》〉内にあるアンヴィエットの部屋のバルコニーである。頭上には星が、眼下には街の明かりが、キラキラと輝いていた。

「アン……」

サラが、ゆっくりと振り向いてくる。その目には泣き腫らしたあとがあった。

――滅亡因子〈運命の輪《フォルトゥナ》〉の破壊に成功し、同化していたサラも生き残ることができた。それだけ考えれば、通常であれば考えられないほど破格の結末だ。

しかし、そのためにサラは、長い間苦楽をともにした最愛の娘を失うことになってしまったのである。ようやく落ち着きを取り戻したようだったが、彼女はあれからずっと泣き続けていたのだった。

「……ごめんなさい。取り乱してしまって」

「……いや。仕方ねェさ」

アンヴィエットは静かに首を横に振った。つい最近まで娘の存在を知らなかったアンヴィエットでさえ、心にぽっかりと穴が開いたかのような感覚を覚えているのだ。サラのショックは想像に難《かた》くない。

サラは、しばしの沈黙のあと、語り始めた。

「魔女さんが言っていたの。──スーリヤ《あのこ》は、一〇〇年前の私の願いによって生み出された疑似人格のようなものじゃないかって」

言いながら、再度夜空を見上げる。

「私の魂にあの子の情報が刻まれている以上、あの子は本当の意味で消えてしまったわけじゃない。──いつの日か、今度はちゃんとあの子を産んであげないと。そう考えたら、いつまでもめげている場合じゃないって思えたの」

「──そうか」

アンヴィエットはそう言ってうなずいた。

するとサラは、ゆったりとした足取りでアンヴィエットの方に近づいてくると、縋《すが》り付くように抱きついてきた。

「だから……お願い。夜が明けるまでは、こうさせて。朝になったら、きっと、大丈夫だから」

「……ああ」

アンヴィエットは深くうなずくと、サラの小さな身体を抱き返した。

◇

〈空隙《くうげき》の庭園《ていえん》〉中央学舎、二年一組の教室で、無色《むしき》は紙に定規で線を引いていた。

「四八・二ミリメートル――」

そしてその紙を丁寧に細長く切り、くるっと巻いて先端を接着する。

リング状になった紙を、無色は職人のように真剣な眼差《まなざ》しで見つめた。

「なるほど……」

「何をしているのですか」

「わっ！」

突然後方から声をかけられ、無色はビクッと肩を揺らした。紙のリングが机に落ちる。

「黒衣……脅かさないでくださいよ」

無色が言うも、黒衣は気にした様子もなく、訝《いぶか》しげにそのリングに視線を落とした。

「これは？」

「ああ、八号の指のサイズを作ってみたんです」

「……一体なんのためにこんなものを？」

「脳内でシミュレーションするためには実物大のものがあった方がいいかなって」

無色が澄み切った瞳で言うと、黒衣は無言のまま半眼を作った。

「無色さんが楽しそうで何よりです」

「あっ、はい。恐縮です」

「皮肉という言葉をご存じですか？」

「え？　もちろん」

「…………」

無色がうなずくと、黒衣は諦めたように息を吐いた。

——滅亡因子〈運命の輪《フォルトゥナ》〉の破壊から数日。〈庭園〉は日常に戻りつつあった。

〈運命の輪《フォルトゥナ》〉によってもたらされた世界への被害は『なかったこと』になり、それによって叶えられた願いもまた、消え去った。無色と彩禍の身体は再び融合を果たし、彩禍の魂は、こうして烏丸《からすま》黒衣の義骸《ぎがい》に収まっている。当たり前のような顔でメイド服を着ていた女子生徒たちの装《よそお》いも、普通の制服に戻っていた。

……ちなみにこれは聞いた話だが、女子の制服をメイド服にすることを願ったヒルデガルドは、願いが叶った当日、自室に籠もって作業をしていたため、メイド服姿の女子を一人も見られていなかったらしい。なんだかちょっとかわいそうだった。

「ん？」

と、無色はそこで眉を揺らした。瑠璃《るり》が、教室の扉の陰に隠れるようにしながら、こちらの様子を窺《うかが》っていたのである。

「……？　瑠璃？　そんなところで何やってるの？」

「……ッ！」

無色の言葉に、瑠璃はビクッと肩を震わせると、慌てた様子でビッとこちらに指を向けてきた。

「か、勘違いしないでよね無色！　この前のあれは〈運命の輪《フォルトゥナ》〉の権能でちょっとなんかこう……アレな感じだっただけなんだから！」

「……？　う、うん」

勢いに圧倒されるように、無色はうなずいた。

実のところ瑠璃がなんのことを言っているのかはよくわかっていなかったのだが、一応その返答は瑠璃の納得に足るものだったらしい。瑠璃は何やら難しげな顔を作りながらも、のしのしと無色たちの方に歩いてきた。

「……結局、身体はもとに戻っちゃったのよね？」

そして、周囲の生徒たちには聞こえぬよう、声をひそめて言ってくる。

「うん。残念ながらね」

「……、本当にこれでよかったのかしら」

「っていうと……？」

「『願いを叶える』だなんて反則級のアイテムがあったわけじゃない。確かに危険なものだけど、もしかしたら使いようによっては、もっといい結果を得られた可能性もあるんじゃないかと思うのよね」

「それは……」

その気持ちはわからなくはなかった。別に瑠璃とて、本気で滅亡因子の力を利用しようなどと思っているわけではあるまいが、あの瞬間、あらゆる選択肢が手の中にあったことで、『本当に自分はベストを尽くせたのだろうか』という気持ちが生じてしまうのは無理のないことだった。

しかしそんな瑠璃と無色の懸念《けねん》を払うように、黒衣が頭を振った。

「――当然です。我々はあのとき、各々《おのおの》ができることを全力で行いました」

「黒衣……」

瑠璃は感慨深げにそう言うと、やがて「……そうね」とうなずいた。

「あ、そういえば結局、サラさんはどうなったの？」

「外に追い出すわけにも参りませんので、騎士アンヴィエットが後見人となって、〈庭園〉中等部に編入することになりました。確か今日からのはずですよ」

「あ、そうなんだ。……でも、大丈夫なの？　滅亡因子と同化していたとはいえ、魔術の素養があるかどうかは別の話なんじゃ」

「気になるのであれば、見にいってみますか？」

『え？』

黒衣の言葉に、無色と瑠璃は思わず目を見合わせた。

◇

「……ん？」

無色たちが〈庭園〉中等部の学舎に辿《たど》り着いたとき、そこには既に、先客の姿があった。

「アンヴィエットさん？」

「…………っ！」

無色が名を呼ぶと、扉の隙間から教室の中を覗《のぞ》き込んでいたアンヴィエットが、ビクッと肩を震わせた。なんだか先ほどの瑠璃を思い出す無色だった。

「て、テメェら……なんでここに！」

「それはこっちの台詞《せりふ》です」

「騎士アンヴィエットも、サラさんの様子を見に来られたのですか？」

黒衣《くろえ》が言うと、アンヴィエットは「はー!?」と声を裏返らせた。

「誰がンなことすっかよ。ちょっと歩いてたら道に迷っただけだ……ッ！」

ちなみに中等部の区画は、〈庭園〉東部エリアの先に併設されている。高等部の教師であるアンヴィエットがふらりと迷い込むには、やや不自然な場所ではあった。

「素直じゃありませんね」

「もしかしてサラさんが同級生の男子に人気になっちゃったらどうしようとか思って？」

「あー」

「テメェらなぁ……！」

アンヴィエットがピキピキと額に青筋を立てる。

と、そこで、教室の方から教師の声が響いてきた。

「──はい。皆さんお静かに。今日から皆さんと一緒に魔術を学ぶお友達を紹介します」

「…………！」

アンヴィエットがそれに反応するように視線を扉の方に戻す。無色たちもそれに倣《なら》うように、扉の隙間から教室を覗き込んだ。……四人も並んだものだからちょっと狭かったが、まあ仕方あるまい。

すると教室の前方に、〈庭園〉中等部の制服を纏《まと》い、はにかむような笑みを浮かべたサラの姿があることがわかった。

「サラ・スヴァルナーです。皆さんよろしくお願いします」

言って、ぺこりと頭を下げる。

その姿に。そしてその名に、生徒たちがざわめいた。

「スヴァルナー……？」

「って、もしかして噂《うわさ》の……？」

「でも、そんな名前だっけ……？」

などと、口々に言う。どうやら子連れ教師アンヴィエットの噂は、中等部の方にも広まっていたらしい。

やがて一人の女子生徒が、質問をするように真《ま》っ直《す》ぐ手を挙げた。

「はい！　サラさんは、アンヴィエット先生の娘さんなんですか？」

「いいえ。違います」

サラがきっぱりと答える。その回答に、生徒たちは「なーんだ」「やっぱりただの噂か――……」と、納得と落胆の入り交じったような声を響かせた。

だが。

「――娘じゃなくて、妻です」

ほんのりと頬を染めながら、サラが言う。

教室がにわかに騒然となり、それを聞いていたアンヴィエットが激しく咳《せ》き込んだ。

どうやら彼の生活は、まだまだ騒がしくなりそうだった。

あとがき

お久しぶりです。橘《たちばな》公司《こうし》です。

『王様《おうさま》のプロポーズ4 黄金《おうごん》の神子《みこ》』をお送りしました。いかがでしたでしょうか。お楽しみいただけたなら幸いです。

今回の表紙は新キャラ・スーリヤです。白と赤の衣装が超キュート。髪型はアンヴィエットとお揃《そろ》いということで三つ編みをオーダーしていたのですが、今のバージョンが出てきたとき、担当氏と一緒にざわめきました。こ、こんな三つ編みがあったのか……⁉

衣装のモチーフは今回かなり迷ったのですが、『輪』のイメージから連想ゲームをしていって、最終的にレースクイーンモチーフに落ち着きました。思いついたとき「これだ……！」となったのをよく覚えています。

ただやはり欲を言えばアンヴィエット表紙も見てみたかった。だって見てくれよアンヴィエット第三顕現の挿絵。あまりにも格好よすぎる。いつの日かアンヴィエットの大胸《だいきょう》筋《きん》をカラーで描いてもらえるよう頑張りたいと思います。

そしてついに、3巻より告知されていました『王プロ』コミカライズが、ガンガンONLINEにて連載開始いたしました！

作画は栗尾《くりお》ねもさん、構成は獅子唐《ししとう》さんです。非常にクオリティが高いので、是非チェックしてみてください！


さて今回も、様々な方々の尽力によってこの本を出すことができました。

つなこさん、今回も素晴らしいイラストをありがとうございます。スーリヤの髪型はちょっとした発明だと思います。草野《くさの》さん、今回もクールなデザインをありがとうございます。毎回表紙の数字がどうなるのかドキドキしております。担当氏、毎度お世話をおかけしております。いつも本当にありがとうございます。

編集部の方々、出版、流通、販売など、この本に関わってくださった全ての方々。そして今この本を手にとってくださっているあなたに、心よりの感謝を。

次は『王様のプロポーズ』5巻でお会いできれば幸いです。

二〇二三年三月　橘　公司

お便りはこちらまで

〒一〇二－八一七七
ファンタジア文庫編集部気付
橘公司（様）宛
つなこ（様）宛

富士見ファンタジア文庫

王様《おうさま》のプロポーズ4
黄金《おうごん》の神子《みこ》

令和5年4月20日　初版発行

著者――橘《たちばな》　公司《こうし》

発行者――山下直久
発　行――株式会社KADOKAWA
〒102-8177
東京都千代田区富士見2-13-3
0570-002-301（ナビダイヤル）
印刷所――株式会社暁印刷
製本所――本間製本株式会社

ISBN978-4-04-074880-1 C0193 ◇◇◇

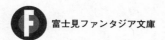

切り拓け！キミだけの王道
ファンタジア大賞
原稿募集中！
賞金
《大賞》300万円
《金賞》50万円
《銀賞》30万円
選考委員
細音啓 「キミと僕の最後の戦場、あるいは世界が始まる聖戦」
橘公司 「デート・ア・ライブ」
羊太郎 「ロクでなし魔術講師と禁忌教典《アカシックレコード》」
ファンタジア文庫編集長
前期締切 8月末日
後期締切 2月末日
公式サイトはこちら！ https://www.fantasiataisho.com/